Die Eichenburger Chroniken
Teil 1
Die Detektive von Eichenburg

ISBN-NR:
9783837008180

Herstellung und Verlag:
Books on Demand GmbH
Gutenbergring 53
22848 Norderstedt

mit Dank an alle, die dieses Buch
erst möglich gemacht haben.
Gewidmet allen, die von einer
besseren Welt zu träumen wagen.

Zum Geleit

Die folgende Erzählung handelt von den kuriosen und zum Teil erschreckenden Vorfällen, die in der Stadt Eichenburg und im Eichenburger Land im Jahre 692 nach deren Gründung stattfanden. Eine Chronologie und geografische Beschreibung des Eichenburger Landes findet der geneigte Leser im Anhang.

Ich möchte allerdings im Voraus erwähnen, dass die Bürger und Bürgerinnen des Eichenburger Landes durchweg fröhliche, vertrauensvolle, ehrbare und liebenswerte Menschen sind. Ähnlichkeiten mit derzeit lebenden Personen sind daher kein Zu- sondern ein Glücksfall.

Johannes von Waldhof hatte bereits alle Vorbereitungen zum Aufbruch abgeschlossen, mit Ausnahme des Termins beim Barbier. Jedes Jahr erforderte es Überwindung, oder besser, eine Entscheidung, sich das während des Winters wild gewucherte Haupt- und Barthaar entfernen zu lassen.

Johannes´ Widerstreben gegen diese Operation begründete sich nicht etwa dadurch, dass er die mittlerweile leicht ergraute Mähne irgendwie ästhetisch oder erhaltenswert fand, im Gegenteil: alljährlich, nach der Rasur fühlte er sich erleichtert, und - mit angemessener Selbstironie - verschönert. Der Widerwillen entsprang lediglich der Notwendigkeit, während des Vorganges zu erdulden, dass jemand ein besonders scharf geschliffenes Messer an seinen Kopf, sogar an seine Kehle führte.

Nicht, dass Johannes seinem Barbier in irgendeiner Beziehung misstraute, oder sich auch nur einen möglichen Grund dafür hätte denken können: Der alte Josef war seit langem ein guter Freund, der, so lobenswert wie ungewöhnlich für einen Barbier, nicht einmal an Feiertagen dem Wein übermäßig zusprach, und also trotz seiner mittlerweile 86 Jahre nicht das geringste Zittern in den Händen aufwies.

Oft behauptete Johannes, sein Widerwillen entspränge entweder einem misslichem Erlebnis seiner jungen Jahre, bei dem er einem weniger tugendhaftem Barbier eine immer noch sichtbare Narbe quer über die linke Stirnhälfte zu verdanken gehabt hatte, oder seiner vor vielen Jahren absolvierten Ausbildung zum Jäger.

 Beides erschien in gleicher Weise wahrscheinlich, so dass Johannes schließlich selbst glaubte, dass einer dieser beiden Gründe für sein alljährliches Zögern schon zutreffen würde. Aber das entsprach nicht der Wahrheit: Er hatte einfach eine starke Abneigung gegen scharfe Klingen.

Aber eigentlich dachte Johannes darüber nie nach, schon seit Jahren nicht mehr. Niemand nötigte ihn zum Aufbruch, außer seiner eigenen Ungeduld, und diese wurde von Jahr zu Jahr weniger drängend. Nicht dass Johannes in Erwägung gezogen haben würde, einmal nicht aufzubrechen. Nur musste er nicht mehr unter den Ersten sein, die loszogen um den warmen Teil des Jahres außerhalb der Stadt zu verbringen, er musste nicht mehr unbekannte und entlegene Gegenden erreichen, sondern beschied sich, ihm wohl bekannte und - vor allem - ihm wohltuende Orte zu besuchen.

Es war keineswegs so, dass Johannes von Waldhof die Beruhigung seines Lebenswandels etwa auf das Alter zurückzuführen hätte: mit seinen gerade 44 Jahren galt er im Eichenburger Land durchaus noch als junger Mann, besonders, weil die von Waldhof eine recht langlebige Familie waren. Es handelte sich lediglich um die Art von Ruhe, die Folge der Zufriedenheit ist, und Johannes war durchaus mit sich und seinem Leben zufrieden.

Tatsächlich befand sich Johannes von Waldhof in einer ihm sehr angenehmen Lage: nicht, wie die meisten Bewohner der Stadt, während des Winters zu einer von zahlreichen Vergnügungen nur gemilderten aber nicht aufgewogenen Untätigkeit gezwungen zu sein, die im zeitigen Frühjahr zur Rückkehr drängte zu den Höfen und Weiden, in die Wälder oder zum Fischfang an die See, wo dann während des Sommers der Lebensunterhalt verdient sein wollte.

Andererseits musste er auch nicht während der Wintermonate einer der weniger angenehmen Beschäftigungen nachgehen, die durch die zahlreichen sich langweilenden und daher dem Vergnügen nachjagenden Menschen notwendig wurden, wie etwa Bier in Fässern an Orte zu bringen, wo es vom hölzernen Behältnis ins Fleischliche umgefüllt wurde, oder die neu befüllten Bierbehältnisse zum Lager schaffen, oder die zahlreichen und meist übelriechenden Spuren dieser Umlagerung beseitigen. Obwohl ... der letzte Punkt fiel durchaus manchmal in Johannes Zuständigkeit: Er amtierte als einer der fünf Richter der Stadt Eichenburg.

Die großherrliche Stadt Eichenburg, die größte Stadt im Umkreis von mindestens 30 Tagesmärschen[1], Hauptstadt über eben diesen Umkreis, im Winterhalbjahr von wenigstens einer halben Million Menschen bewohnt und sommers immer noch von annähernd 50.000, Marktplatz, Universitätsort und Regierungssitz des

---

[1] Tagesmarsch: Die Strecke, die ein gesunder Mensch mit normalem Gepäck an einem Tag zurücklegen kann. Im flachen Land also etwa 25 km, im Gebirge manchmal bedeutend weniger. Das Eichenburger Land misst von Süden nach Norden etwa 800, von Osten nach Westen ca. 350 km

Eichenburger Landes leistete sich zum Winterhalbjahr tatsächlich fünf hauptamtliche Richter.

Wirklich fanden diese auch ein Auskommen: Selbst die vernünftigsten und gebildetsten Leute - und ohne Zweifel sind die Bürger des Eichenburger Landes außerordentlich gebildet und vernünftig, was bereits aus dem Umstand zu erkennen ist, dass beinahe jedes zweite Kind für mehr als die vier obligatorischen Jahre zur Universität geschickt wird - geraten gelegentlich in Situationen, die des Eingreifens einer Autorität bedürfen, namentlich dann, wenn ihrer viele zusammengedrängt und wenig beschäftigt sind.

Deshalb ist es eine der größten Sorgen der Regierung in Eichenburg, der Hohen Runde, für den Winter so viel wie immer möglich an Zerstreuung, an Theater- und Musikspiel, an Vorträgen und artistischen Vorführungen, welcher Art auch immer, vorzusehen.

Man sähe es wohl manchmal nicht ungern, wenn weniger der Bürger des Eichenburger Landes den Winter in ihrer Hauptstadt verbrächten. Aber nur wenige - und stets nur für kurze Zeit berufene - Mitglieder der Hohen Runde haben dazu jemals Schritte unternehmen wollen. Wodurch auch sollte die Stadt begründen, Hauptstadt und Zentrum des Landes zu sein, wenn sie nicht jedem Landeskind in der dunklen Zeit Zuflucht und Heimat sein wollte.

Niemand, der noch recht bei Sinnen war, konnte dies bestreiten, und so war der einzige Hohe Herr, der jemals ernstlich die Forderung in die Hohe Runde einbrachte, den Winteraufenthalt in dieser oder jener Form zu beschränken - man entsinnt sich der Idee, die Herbergspreise so zu erhöhen, dass Sparsame oder wenig Begüterte fernblieben - unverzüglich von den Richtern seines Amtes enthoben und zur 'Behandlung einer offensichtlichen Geistesverwirrung' in die medizinische Abteilung der Universität überstellt wurde.

Neben den Richtern und der Hohen Runde – oder besser: über diesen – residierte in der von der dreifachen, namengebenden Eichenallee umringten Burg, die die Stadt im nach Westen gelegenen Burgviertel, der höchsten Erhebung innerhalb der Stadtgrenze, überragte, die Hohe Frau, zur Zeit dieser Erzählung Marianne von Seedorf. Diese hatte das höchste Amt 10 Jahre zuvor an ihrem 23 Geburtstag von ihrer Großtante, Annemaria von Seedorf übernommen, die sich mit siebzig Lenzen aus dem Amt verabschiedet hatte, um Ihre Jugendliebe, Herrn Winfried Fuhrmann zu ehelichen[1].

---

[1] Die Ehe einzugehen ist den Hohen Frauen verwehrt, solange sie das Amt ausüben.

Seither erfüllte Marianne die Obliegenheiten des höchsten Amtes im Eichenburger Land mit der größten Liebenswürdigkeit, aber auch - zur gegebenen Zeit - mit ebenso großer Strenge. Nicht, dass die Verpflichtungen des Amtes die Hohe Frau über Gebühr in Anspruch genommen haben würden:

Neben dem Vorsitz in der Hohen Runde, der Legalisierung derer Beschlüsse durch ihre Unterschrift und der Präsenz bei öffentlichen Veranstaltungen, gehörte lediglich die Anwesenheit bei Urteilsverkündungen mit einem Strafmaß von mehr als fünf Tagelöhnen , die Bestätigung dieser Urteile und, in besonderen Fällen, die Begnadigung der Verurteilten, zu ihren Aufgaben.

Es lässt sich leicht denken, dass die Anwesenheit der Hohen Frau vor Gericht nur selten, und der Gnadenakt noch viel seltener vonnöten waren, aufgrund des vernünftigen und gebildeten Wesens der Eichenburger Bürger und Bürgerinnen. Auch waren die Sitzungen der Hohen Runde selten nötig, und fast immer von großer Einmütigkeit bestimmt, deswegen auch meist kurz.

Die Teilnahme an den zahlreichen Veranstaltungen des Winterhalbjahres hätten vielleicht einer weniger liebenswürdigen Person eine Belastung bedeutet, aber Marianne von Seedorf genoss es sehr, unter den Hochrufen und bewundernden Blicken der Ihr Anbefohlenen[1], den Beginn eines Theaterstücks zu befehlen oder - als begnadete Tänzerin - einen Ball zu eröffnen.

Selbst wenn im Eichenburger Lande die Sitte eingeführt wäre, in Abständen unter lautem Getrubel und Getrommel die Mitglieder der Hohen Runde oder gar die Hohe Frau neu zu bestimmen, wie dem Vernehmen nach in anderen Ländern wohl die Mode war, was dort dann 'Freie Wahl' geheißen wurde, so würden doch die Eichenburger Bürger, aus Zuneigung und Einsicht , stets wieder die Frau Marianne zum höchsten Amt bestimmt, und in die Hohe Runde stets die Befähigtesten, und nicht die lautesten - also hohlen - Trommeln wohl berufen haben.

---

[1] Durchaus nicht Untertanen, sondern gleichwertige, wenn auch nicht gleich gestellte BürgerInnen. Im Eichenburger Land sieht niemand auf den anderen herab aufgrund seiner Abstammung oder Berufung. Mit Ausnahme der Turmarbeiter.

Doch allgemein vorherrschte die Ansicht, dass solch ein Getöse und Gezanke den Hohen Ämtern jede Würde nähme, und folglich wurden die die solches pflegten Länder, oder genauer, die mittels dieser Veranstaltung eingesetzten Regierungen stets ein wenig belächelt. Übrigens würde die Hohe Runde nicht verfehlt haben, solche 'Wahlen' abzuhalten, wenn diese zur Unterhaltung der Bürger von Wert gewesen wären; indes, wie einst ein Hoher Herr es formulierte: Ein Clown, dem dies die Profession, ist stets dem Dilettanten hierin überlegen.

Insgesamt standen die Dinge wohlgeordnet im Eichenburger Land, die Bürger waren zumeist zufrieden, und wenn gelegentlich ein Einwand erfolgte gegen einen Beschluss der Hohen Runde etwa, so widmeten die Hohen Herren und Damen wie auch die Hohe Frau selbst dem sorgfältigste Aufmerksamkeit.

Es geschah dies zwar nur selten, was durchaus für die Qualität der Ratsschlüsse spricht, aber wenn ein Einwand nicht so zu entkräften war, dass der Beschwerdeführer seine Zustimmung geben konnte, so wurde solch ein strittiger Beschluss gewöhnlich außer Kraft gesetzt. Genau so handelten die Richter: ein Urteil konnte erst durch Zustimmung und Unterschrift des Beklagten Kraft gewinnen. [1]

Am frühen Vormittag aber eben jenes Tages kurz nach der Frühjahres-Tag und Nachtgleiche im Jahre 692 nach der Begründung der Stadt Eichenburg, als der Richter Johannes soeben seinen Widerwillen überwunden und den alten Josef, seinen Barbier aufgesucht hatte, gab die Hohe Frau den Befehl unverzüglich eben jenen Johannes von Waldhof zu benachrichtigen, dass er, ebenfalls unverzüglich, vor ihr zu erscheinen habe.

Das war wirklich unerhört, denn einem Richter, und sei er auch bereits entlastet und für den Sommer barbiert, Befehle zu erteilen, stand ihrem Amte mitnichten zu, was allerdings Johannes nicht weiter reizte. Die Meldung erreichte ihn just in dem Moment, da Meister Josef mit der Entfernung des Haupthaares zu Ende gekommen und folglich am Barte angelangt war. Die Erleichterung, die

---

[1] Natürlich funktionierte das nicht immer: im Jahre 457 musste ein Beschwerdeführer nach mehrwöchigen Debatten einer Untersuchung seines Geisteszustandes unterzogen werden.

ungeliebte Prozedur unterbrechen zu können, bewog also Johannes, den Richter, dem Befehl der Hohen Frau aufs Genaueste zu folgen und ohne Verzug die Eichenburg aufzusuchen.

Auf dem Wege dorthin hielt er nur kurz inne, um sich an einem der öffentlichen Brunnen den Seifenschaum aus dem Gesicht zu spülen, um ein, wenn schon durch den kahlen Kopf und den unge-zähmten Bart bedingt, ungewöhnliches, aber wenigstens nicht lächer-liches Bildnis abzugeben.

Der Weg vom Freiheitsviertel, wo die Mehrzahl der kleinen Händler und Handwerker sowie die Gaststätten und eben die Barbiere ihren Sitz hatten und ein vielfältiges, ungeordnetes und manchmal leider auch wenig sauberes, aber stets fröhliches und geschäftiges Bild ergaben, zur Burg hinauf führte Richter Johannes quer durch die innere Stadt Eichenburg in ihrer größten Ausdehnung. Das Freiheitsviertel war an der dem Burgviertel entgegengesetzten Seite der Stadt angesiedelt, und dazwischen erstreckte sich das Universitäts-gelände[1].

Im Süden dieser drei Stadtteile und von diesen getrennt durch den Fluss erstreckten sich die Wohngebiete, zumeist Herbergen, aber auch die wenigen Anwesen der ständigen Stadtbewohner oder zumindest der Wohlhabenden unter diesen.

Vom Norden im Bogen nach Osten, das Zentrum umfassend und mit dem Hafen an den Fluss stoßend, vervollständigte das Manufakturviertel die Stadt Eichenburg mit seinen Werkhallen, Lagerhäusern, Markthallen und der Gasanlage, deren ständiger Betrieb einerseits den Reichtum der Stadt und des Landes mit begründete, indem die verschiedenen Abfälle und Ausscheidungen in das zum Antrieb der Manufakturen notwendige Gas umge-wandelt wurde, die aber auch, vornehmlich im Sommer und bei nordöstlichen Wind des Öfteren Anlass zu Klagen gab.

Unterwegs machte sich Johannes wohl allerlei Gedanken über die ungewöhnliche Manier, ihn mittels eines Befehls zur Hohen Frau zu bestimmen, indes, da weder er sich einen Reim darauf zu

---

[1] So hatten die Studierenden wie auch die Lehrenden den Vorzug, von ihren Wohnungen und von ihren Wirkungsstätten auf kürzestem Wege sowohl den kultiviertesten wie den interessantesten Stadtteil unmittelbar erreichen zu können, was sie weidlich zu nutzen verstanden.

machen verstand, noch sein Führer und Überbringer des Befehls Anstalten machte, nach der Ausrichtung seiner Botschaft auch nur ein weiteres Wort zu sprechen, sah er dem Kommenden zwar irritiert, aber mit vollkommener Ruhe entgegen.

"Was zum Teufel!", dachte Johannes als man ihn nicht etwa in das gewöhnliche Audienzzimmer führte, sondern in den Großen Saal, der der Hohen Runde als Versammlungsraum diente. "Es scheint fast ein offizieller Anlass zu bestehen! Dadurch ändert sich alles, und die Hohe Frau wird sich erklären müssen. Sie mag ja zu sich bestellen, wen und wann sie mag, doch einen Richter nicht! Und zweimal nicht vor die Hohe Runde !"

Doch da er den Saal, an dessen Pforte der Bote zurück trat, um ihm allein Eintritt zu gewähren, leer fand, verflüchtigte sich der Anflug von Widerwillen rasch.

Da es einem Richter nicht zusteht, im Versammlungssaal der Hohen Runde zu sitzen, es sei denn, er gehörte dieser Runde an oder wurde aufgefordert, Platz zu nehmen, blieb Johannes bei der Pforte stehen. Beinahe im selben Augenblick, da diese hinter ihm verschlossen wurde, öffnete sich, gerade gegenüberliegend, eine kleinere, unauffällige Tür, und die Hohe Frau Marianne von Seedorf trat ein.

Marianne von Seedorf, deren vollständigen Titel 'Marianne, Hohe Frau zu Eichenburg, Eignerin des Eichenburger Landes, Behüterin der Gesetze, Schirmherrin der Universität, und so weiter, von Seedorf [1]' zu nennen glücklicherweise nur zu wenigen Gelegenheiten vonnöten war, befand sich in ihrem dreiunddreißigsten Jahr und trotz dreier eigener Kinder hatte ihre anmutige Erscheinung nicht im Geringsten gelitten.

Nicht nur bei den zahlreichen öffentlichen Auftritten, sondern auch bei privaten Gelegenheiten, und sogar ohne die ihr eigene sorgfältige Toilette, die sie gewöhnlich beobachtete, überstrahlte ihre Schönheit und Ausstrahlung stets alle und alles, was ihr außer bewundernden naturgemäß auch begehrliche Blicke eintrug und nicht selten den Absendern dieser Blicke ein häusliches Ungemach.

---

[1] Titel sind wie Staubmäuse unterm Bett: wenn man nicht aufpasst, können sie überhand nehmen. Der Zusatz 'und so weiter' stammt aus dem Jahre 574, und ist das Ergebnis einer Entrümpelung.

Allerdings konnte niemand bestreiten, dass diese Blicke im höchsten Maße begründet wären, so dass sich die gelegentlichen Zänkereien um diesen Gegenstand schnell beilegen ließen, meist, indem der, der den Blick geworfen hatte, der Kritikerin einen Beitrag zu deren eigener Anmut finanzierte.

Es lässt sich denken, dass besonders die Barbiere und die Schneider den Auftritten der Marianne von Seedorf stets freudig entgegensahen, weil sie bei diesen Gelegenheiten ein wenig dafür entschädigt wurden, die Hohe Frau nicht zu ihrer Kundschaft zählen zu dürfen.

Denn Marianne pflegte ihre Garderobe höchstselbst zu entwerfen und zu schneidern, und ihr weißblondes Haar von der Hofdame, ihrer Cousine Michaela von Seedorf, pflegen zu lassen, der ihrerseits die Hohe Frau den gleichen Dienst bot.

Beides, die Schneiderei wie die Pflege der Haartracht, sowie auch Maniküre und Kosmetik, kurz: die Wissenschaften weiblich strahlender Erscheinung betrieben Marianne von Seedorf und ihre Hofdame mit beträchtlichem Geschick und äußerster Sorgfalt, so dass beide, wie es ihrem Stande zukam, stets ein Vorbild abgaben. Um so mehr überraschte, ja erschreckte der Auftritt der Hohen Frau im großen Saal der Eichenburg den einzigen Zeugen, den Richter Johannes.

Ganz offensichtlich hatte das Haar der Dame keinen Kamm, das Gesicht kein Wasser gesehen, seit die Hohe Frau das Bett verlassen hatte, ebenso offensichtlich hatte sie achtlos und in größter Eile irgendein Gewand über das Schlafkleid gestreift, augenscheinlich keines, das zu einem anderen Zweck als beim Hausputz als Lumpen zu dienen noch geeignet war. Darüber hinaus war ihr Gesicht blass, die Augen unterlaufen und in ihrem Gebaren fehlte jegliche Anmut, an deren Stelle Zorn, Verwirrung und Angst getreten zu sein schienen.

Kaum hatte die Hohe Frau den Saal betreten, wurde sie der Anwesenheit des Richters gewahr, und, sich offenbar ihrer ungewöhnlichen Erscheinung bewusst, errötete sie leicht. Im nächsten Moment schon bemerkte Marianne aber den Zustand des Richters: zur Hälfte barbiert, mit kahlem Kopfe, aber unangetastetem Bart, der nur unzureichend vom Rasierschaum befreit und noch immer tropfnass war, was zwar beredtes Zeugnis seines besonderen Gehorsams gegen die Befehle der Hohen Frau, nicht jedoch für die

Würde seines Amtes, noch seiner Person, abgab. Da erschien ein Lächeln auf ihrem Antlitz, das den Zustand ihrer Erscheinung vergessen, und sie selbst wieder zu dem machte, was sie zu Recht war: Die Hohe Frau zu Eichenburg.

"Nun wohl, mein Herr Richter", fing Marianne von Seedorf, ohne den üblichen Ton zu beachten und so eine groteske Szene vermeidend, an,

"Ich sehe, dass du nicht nur einem unschicklichen Befehl sofortige Folge leistest, sondern darüber hinaus dich bemühst, deiner Herrin in einem dem Anlass angemessenen Putz zu erscheinen. Dies, und dafür danke ich dir, nimmt mir die Peinlichkeit meines Auftritts"

Johannes verbeugte sich voll Ehrfurcht, ohne etwas zu entgegnen.

"Ich habe dich, Johannes von Waldhof, zu mir… " eine winzige Pause betonte die folgenden Worte, "bitten lassen aufgrund besonderer Umstände. Nebenbei, so sollte ich hinzufügen, habe ich dich dreimal geladen: als Richter, als Ehrenmann und, nicht zuletzt, als Jäger. Ich bitte dich, zunächst diese Umstände anzuhören, und wenn es dir danach erscheint, diese Einladung sei in unangemessener Form erfolgt, so werde ich dich um Verzeihung bitten."

Der Richter verbeugte sich erneut, erfreut über die Höflichkeit der Hohen Frau, die diese seinem Stande wohl schuldig war, aber nicht, ohne die Andeutung einer Schärfe in deren Stimme zu bemerken. Danach wählte er sorgsam seine Erwiderung.

"Meine Herrin, es stand und steht dir stets frei, den Johannes von Waldhof zu dir zu bitten, zu befehlen oder durch die Wache vorführen zu lassen, wann immer es beliebt. Da du so freundlich sein willst, dem Richter der großherrlichen Stadt Eichenburg, die sich deiner Regentschaft erfreuen zu dürfen das unermessliche Glück hat, anzuvertrauen, wodurch deine Nachtruhe eine Störung erfahren hat, so bin ich höchsterfreut, dass mir diese Ehre zuteil geworden …"

"So hört denn, Johannes …", dem Richter entging keineswegs, dass sein Vorname als Anrede gebraucht wurde, "In den frühen Morgenstunden, es wird vor vier gewesen sein, weckte mich die Michaela von Seedorf mit dem Hinweis, der Hauptmann unserer Wache verlange …. Verlange! eine unverzügliche Audienz. Anderenfalls sähe er sich genötigt, gewaltsam in meine Gemächer vorzudringen, um zu nehmen, was ihm nicht gewährt würde. Nun, ihr kennt Herrn Friedhelm von Bergen, wahrscheinlich besser gar als ich selbst, da er euch erst zum Wächter, dann zum Jäger ausgebildet und schließlich zum Richter empfohlen hat."

"Tatsächlich", dachte Johannes bei sich, "wenn der alte Friedhelm," wie man den Hauptmann, obwohl er erst im dreiundfünfzigsten Jahre stand, gewöhnlich nannte, "so etwas fordert, dann ist es dies schon wert, dass eine Hohe Frau aus dem Bette springt und ein Richter befohlen wird."

"Nachdem ich mich also diesem besonderen Anlass angemessen vorbereitet hatte, empfing ich der Hauptmann in meinem Schlafgemach"

"Teufel auch, das möchte ich um keinen Preis wiedererzählt wissen", dachte Johannes, allerdings voller Bewunderung für die Hohe Frau, die sich bedenkenlos der Gefahr einer Rufschädigung[1] auszusetzen schien, weil sie die dringliche Besorgnis ihres Wächters ernster nahm als die Hofetikette.

"Der Herr Hauptmann entschuldigte sich zunächst umfangreich und bemerkte, dass ihm durchaus bewusst sei, Unrecht zu tun, denn das Recht verlangt von ihm, niedere wie größere Vergehen ohne Verzug dem zuständigen Richter zu melden, wobei dessen Nachtruhe zu achten und nur in wichtigsten Angelegenheiten zu unterbrechen ist. Ich habe diese Entschuldigung zunächst wegen der langen und untadeligen Dienstzeit des Herrn Friederich angenommen."

Unvermittelt veränderte sich Haltung und Tonfall der hohen Frau, die aber ohne Unterbrechung weiter sprach, jetzt jedoch in der Manier eines jüngeren Wächters, der Bericht erstattet. "In den frühen Morgenstunden des heutigen Tages bemerkte der in der Glaserstrasse im Freiheitsviertel stationierte Posten einen lärmenden Streit. Sogleich begab sich der Posten zum Ort des Geschehens, in die Kugelgasse, um zu schlichten. Dort fand er allein den leblosen Körper einer männlichen Person vor, den er als den Hohen Herrn und Sommerrichter, Hartmuth von Seedorf erkannte. Da ein Vergehen gegen Gesundheit und Leben vorlag, hätte der zuständige Richter unverzüglich hinzugezogen werden müssen … Aber …

---

[1] Es hätte keineswegs den Ruf der Hohen Frau beschädigt, wenn es bekannt geworden wäre, dass sie den Hauptmann in ihrem Schlafgemach empfangen hat - wohl aber, dass sie dabei nicht angemessen gekleidet* gewesen war.
*zumindest ein Hauch Rosenwasser Nr. 5 gilt als das Minimum angemessener Kleidung für eine Dame von Stand. Dem einfacheren Volk genügt auch eine Dusche. Vorher.

"Johannes nickte nur. Schon seit einigen Jahren fiel es Hartmuth von Seedorf zu, im Sommer den einzigen notwendigen Richterposten zu bekleiden. Und alle anderen Richter hatten mit dem Tag der Frühjahrs-Tagundnachtgleiche ihre Entlastung verlangt und sogleich erhalten. Die Stadt Eichenburg war also ohne legalen Richter.

"Scheiße", dachte Johannes. Und bemerkte erst, als die Stimme der Hohen Frau "Richtig. Scheiße" erwiderte, dass er nicht nur gedacht hatte.

"Tatsächlich trifft das Wort zu", dachte Johannes, der neue Oberste und Sommerrichter der Stadt und des Landes Eichenburg, der ebenfalls neu eingesetzte Oberbefehlshaber der Wachen und Jäger, und der Inhaber des soeben von der vollkommen überraschten und aufgeschreckten Hohen Runde geschaffenen Amtes, dessen Titel noch nicht endgültig feststand, dessen vordringliche Aufgabe aber in der restlosen Aufklärung des Mordes an Hartmuth von Seedorf und der Unterbindung etwaiger Wiederholungen[1] derartiger Taten bestand, "obwohl im hohen Grade unfein, es trifft ´s genau."

Johannes war auf dem Weg von der Burg in das Freiheitsviertel unter Vermeidung der Universität als auch der Wohngebiete, und folglich mitten in Bereich der großen Manufakturen. Die Gaswerke hatten ihn auf den Gedanken gebracht, jene ausgedehnte und übel riechende Einrichtung, in der Unrat und Fäkalien mittels natürlicher Prozesse zur Antriebsenergie für Wohlstand und Fortschritt des Eichenburger Landes wurde.

"Es ist abscheulich, man bemerkt es mit Widerwillen, und doch treibt es die Dinge voran".

Eine wahre Ironie lag darin: Die Familie derer von Seedorf, die in den letzten beiden Jahrhunderten 3 von 5 der Mitglieder der Hohen Runde und in der 3. Generation die Hohe Herrin stellte, hatte soeben ein Amt geschaffen, das ausdrücklich keiner Person, keiner Weisung und keinem Gesetz unterlag als allein seinem Zweck, ein Amt also, das eine unerhörte Machtfülle besaß, und dieses Amt hatten die Damen und Herren von Seedorf - alle anderen Mitglieder der Hohen Runde übten Enthaltung - einstimmig einem von Waldhof übertragen..

---

[1] Gemeint ist die Wiederholung von Mord im allgemeinen - das Hartmuth von Seedorf vor einer weiteren Ermordung völlig sicher war, versteht sich von selbst

Wäre dies zur Zeit der Wintersonnenwende geschehen, so wäre die Wache der vielfältigen und mit Sicherheit in Aufruhr mündenden Kundgebungen sicher schwerlich Herr geworden, waren doch die Waldhöfler und Seedörfler die beiden größten und wichtigsten Familien im Eichenburger Land, und, wenn auch sich gegenseitig in größter Achtung haltend, die schärfsten Konkurrenten.

Gewiss hätte sich jedermann zu diesem unerhörten Vorgang äußern wollen, einige, um den offensichtlichen Niedergang der von Seedorf zu feiern, andere um diesen zu beklagen, dritte, um die Anbiederung derer von Waldhof zu verdammen, weitere um darob zu triumphieren und so fort, wie auch immer Sympathie und Verständnis gelagert wären. Nur eines ist gewiss: Unter der unüberschaubaren Anzahl von Stimmen hätte das schärfste Ohr nicht eine von Waldhofsche, nicht eine von Seedorfsche ausmachen können.

Das Seedorf, dessen Name nur wegen der Familie von Seedorf nicht schon längst in See- oder Hafenstadt geändert worden war, war die einzige andere große Stadt im Eichenburger Lande, mit winters etwas über 300.000 aber sommers immer noch 150.000 Einwohnern, also sechs Monate lang 4/10 kleiner als die Hauptstadt, aber die anderen sechs Monate dreimal so groß. Übrigens haben die Damen und Herren von Seedorf niemals die Umsiedlung des Regierungssitzes in 'Ihre' Stadt betrieben, im Gegenteil: Sooft die Sprache auf diesen Plan, der verschiedentlich vorgeschlagen worden war, kam, resulutierten die von Seedorf entschieden dagegen. Handel und Regierung, so sagten sie dann, bedürfen des Einvernehmens, aber mehr noch der Eigenständigkeit.

Tatsächlich war es der Handel, besonders der Seehandel, der sich seit Begründung der Stadt und des Landes Eichenburg fest in den Händen der Familie von Seedorf befunden hatte, der Reichtum und Ansehen dieser Familie begründete. Genauer ausgedrückt wäre aber wohl: Mit großem Weitblick haben die von Seedorf stets einen Gutteil ihres Gewinnes nicht verprasst und verlebt, sondern in die sorgfältigste Ausbildung und Förderung der Ihren und der ihnen Wohlgesonnenen angelegt, und so den Ruf einer wohltätigen, freundestreuen und aufrechten Familie, eines gebildeten und -

ungewöhnlich für Händler - tatsächlich ehrlichen Menschenschlages[1] wohlverdient und stets - nebst dem erwähnten großen Anteil an der Hohen Runde - auch erhalten.

Doch die von Seedorf nur als Händler zu bezeichnen wäre eine an Beleidigung grenzende Vereinfachung. Über den Handel, der ihr Privileg war, vernachlässigten die von Seedorf keineswegs den Schutz der Küste, der ihnen auferlegt war. Weit entfernt davon, diesen notwendigen Schutz durch nur Maßnahmen kriegerischer Art zu gewährleisten, knüpften die von Seedorf Kontakte zu allen bekannten Nationen, die samt und sonders profitierten und bildeten mit ihnen eine furchterregend schlagkräftige Allianz gegen jede Art von Seeräuberei und Piraterie, die dergleichen Betätigung völlig unsinnig werden ließ. Besonderen Dank muss dieser Politik gezollt werden wegen des Nebeneffektes, dass kein Staat an den Ostseeküsten über eine eigene Kriegsmarine verfügte - selbst zeitweise verfeindete Mächte achteten unter allen Umständen den Frieden zur See.

Das Wort, das in verschiedenen Sprachen gerne verwendet wird, um das Wesen der Seeleute zu verdeutlichen: "Der Sturm sei der Feind oder die See, doch nimmer ein Seemann" ist, wie auch der Satz "Sturm und Pest und Teufels Zorn zu trotzen braucht Mut - der Hanse zu trotzen braucht Übermut", eine Folge des Wirkens der Familie derer von Seedorf - und beide auch verfasst von Eugen von Seedorf, dem bekannten Dichter.

Tatsächlich hat die Familie von Seedorf viele Dichter, Maler und Schauspieler oder überhaupt Künstler hervorgebracht, was manchen überrascht. Auch in diesen Geschäften leisteten die von Seedorf stets Hervorragendes. Im Winter 524 auf 525 fanden in Eichenburg und Seedorf zusammen nicht weniger als 42 Konzerte von Seedorfer Komponisten, und 34 Theaterabende von Seedorfer Dramatikern, davon jeweils 1/3 Uraufführungen und sämtliche unter Leitung und Beteiligung von Seedorfer Regisseuren, Musikern Schauspielern, Bühnenarbeitern und Festwirten sowie unter Beifall des Publikums statt.

---

[1] Im Eichenburger Land ist Werbung weitgehend unbekannt, was bewirkt, dass Händler eine faire Chance haben, ehrlich zu bleiben. Das Vermeiden von Wahlkämpfen hat eine ähnliche Wirkung auf die Politiker. Wettbewerb ist eben die Mutter aller Lügen.

Was auch immer ein Mitglied dieser nicht nur zahlenmäßig großen Familie unternahm: sie alle legten Wert darauf, dass es richtig gemacht wurde, und scheuten keinen Aufwand, dies zu erreichen.

Die von Waldhof, mit denen von Seedorf wie schon erwähnt in steter Konkurrenz und dennoch in gegenseitiger Hochachtung verbunden, hatten ihren Familiennamen nicht von einer so glänzenden Stadt wie Seedorf abgeleitet, aber auch nicht, wie scheinen mag, von einem alleingelegenen Bauernhof im Wald, sondern von deren 21 Stück. Obwohl die Ostsee, das abgetrennte Meer, einen wichtigen Teil der Grenzen des Eichenburger Landes bildet und den Hauptteil des Handels mit anderen Völkern vermittelt, so ist doch der Großteil der Grenze ein mehr oder weniger unzugängliches Waldgebirge.

Wären diese Gebirgszüge vollständig unpassierbar hätte die Familie von Waldhof vielleicht ein bequemeres und weniger aufregendes Leben, aber wohl auch nicht annähernd ihre Bedeutung im Eichenburger Land gefunden. Denn denen von Waldhof oblag der Schutz der Grenzen und der Bergstraßen, die gelegentliche Verfolgung von Wölfen oder Bären, die sich des Viehmordes schuldig gemacht hatten, sowie das Wiederauffinden verirrter Wanderer.

Dem Räuberwesen, das in den ersten Jahrhunderten nach der Begründung der Eichenburg und des Eichenburger Landes noch eine große Beeinträchtigung besonders in den Berggegenden dargestellt hatte, wurde von den alten Waldhöflern ein schnelles und gründliches, aber auch ein, wie viele kritisierten, grausames Ende gemacht.

Da jedoch die Kritiker ihre Stimmen erst erhoben, als Räuberunwesen und diejenigen von Waldhof, die dessen Ende herbeigeführt hatten, längst begrabene Geschichte waren, nannten die Enkel die Kritiker Laffen und erhöhten mit jedem Anwurf die Taxen für die Rettung aus Bergnot, bis das Verstummen der Kritik nebst einem Befehl der Hohen Frau dieser Praxis ein Ende bereiteten, das viele derer von Waldhof als ebenso grausam erachteten wie das der Räuber.

Dichter und Denker brachten die von Waldhof wenig hervor, und Kontakte zu fremden Ländern hatten sie wenig. Auch der spärliche Handel, der über die wenigen Gebirgsstraßen vermittelt wurde, konnte sie nicht reich machen, und schon gar nicht, wenn der Aufwand, diese Straßen zu sichern, dagegengerechnet würde. Also verdingten sich die Kinder derer von Waldhof bei Anderen, und zwar nach ihren besonderen Eigenschaften.

Diese, man möchte sagen, Eigenheiten der Familie derer von Waldhof waren eine unmittelbare Folge des Lebens in den Gebirgswäldern, insbesondere während der bitteren Winter. Sparsamkeit bis zum Geiz, Treue bis zur Dummheit, Ehrlichkeit noch darüber hinaus, und eine Beharrlichkeit, die in ihrer Ausprägung nur von den wichtigsten Naturgesetzen übertroffen werden konnte, machten die von Waldhof zu idealen Wächtern. Tatsächlich entstammten sieben von zehn Kapitänen, und mehr als die Hälfte der Seeleute, die unter der Fahne der Hanse dem Piratenwesen entgegentraten der Familie von Waldhof. Allerdings blieb bei dieser Gelegenheit jegliche Kritik an der Methode aus, vielleicht, weil mit der Sicherung des Seehandels ungleich mehr gewonnen war.

Einer der Dramatiker aus der Familie von Seedorf hat die von Waldhof in einem Stück wie folgt charakterisiert: "Wenn ein Waldhöfler dir sagte, die Sonne ginge nimmer auf - Wehe! dir, oder der Sonne. Denn eins verlöschte vor dem Morgenrot!"

Der damalige Familienvorstand der von Waldhof, Heinerich, ließ sich, dem Vernehmen nach, nach der Aufführung dieses Stückes von einem Vertrauten etwa 20 Minuten lang über die Bedeutung des Wortes 'Ironie' aufklären, bevor er dem Dramatiker seinen Besuch ankündigte.

Dieser empfing ihn dann auch, und nachdem der Waldhöfler dem Seedörfler einen Abend lang zum Erfolg seines Stückes, und insbesondere zur Trefflichkeit der Darstellung seiner Familie Eigenschaften, aufs höflichste gratuliert hatte - übrigens unter beständigen Zuprosten mit einem wohlgefüllten Glase des vortrefflichen Brandes, für dessen Herstellung die Waldhöfler ebenso berühmt waren wie für ihre Trinkfestigkeit - fiel der Dramatiker wie erschlagen.

Heinerich von Waldhof kommentierte dies mit den Worten: " Diese Dichter, diese Leute vom See. nicht den geringsten Sinn für Humor besitzen sie!", daraufhin bezahlte er die Miete für eine

Theaterloge für zehn Jahre im Voraus, ließ seinen Namen auf die Brüstung schreiben, dass dieser von der Bühne aus zu lesen war, und fuhr heim.

Das kurz darauf erlassene Gesetz, das bei Strafe verbot, lebende oder verstorbene Personen auf der Bühne oder in der Literatur in irgendeiner erkennbaren Form darzustellen, veranlasste den alten Heinerich zu einem Gelächter, das ihn, ohne das Eingreifen seines Leibarztes, gewiss das Leben gekostet hätte.

Eine besondere Besonderheit der Stellung der Familie von Waldhof übrigens, die immer wieder Anlass zu bösen Worten auf den Straßen und in der Hohen Runde gab, wurde stets von den Seedorfern mit Vehemenz verteidigt: die Waldhöfler bezahlen für die von ihnen bewirtschafteten Ländereien nämlich keinen Zins.

Dieses ursprünglich wegen des Missverhältnisses zwischen den Verpflichtungen und den Erträgen der Berggebiete beschlossene Privileg war schließlich auf alle von Waldhofschen Besitzungen ausgedehnt worden, und zwar mit dem Argument, das einer derer von Seedorf wie folgt formuliert hatte:

"Es ist wenig genug, um selbst für den Stolz eines Waldhöflers nicht unanständig zu sein, und gerade genug, um für ein von Seedorfern regiertes Land keine Undankbarkeit zu bedeuten. Belassen wir es - zu diskutieren hieße beide beleidigen"

Man sieht, dass der unerhörteste Vorfall, und sei es ein Meuchelmord, wenig bedeutet angesichts des Umstandes, dass die Hohe Frau einen Richter, dass eine von Seedorf einen von Waldhof um Hilfe bittet. Aber, wie oft im Leben ist es so eingerichtet, dass nur das Außergewohnte und Allergewöhnlichste, das Unausdenkbare und ständig Präsente, das Banalste und gleichzeitig Erhabenste, das letztendlich alle Gleichmachende die Geschicke der Menschen und Völker bestimmt.

Ein schöner Gedanke. Aber Johannes dachte diesen just in dem Moment, da er die Gasanlage passierte, woselbst das Banalste zum Erhabensten, wo die Fäkalien eines Volkes zur Antriebsenergie seines Wohlstandes wurden.

Warum Johannes von Waldhof den weiteren und zumindest für die Nase unangenehmeren Weg von der Burg zum Freiheitsviertel wählte, wohin er seine Schritte lenkte, um mehrere dringliche Besorgungen zu erledigen, war ihm selber kaum bewusst. Einerseits spielte es wohl eine Rolle, dass es ihm unangenehm erschien, in seinem gegenwärtigen Zustand - der Bart noch immer nass von Seifenschaum, das Haupt geschoren und mit den Spuren eines ungewöhnlich aufregenden Erlebnisses in der Miene - braven Bürgern oder Universitätsangehörigen[1] zu begegnen und dabei die Würde seines Amtes wahren zu sollen.

Die Würde seiner Ämter ... Aber der Hauptgrund war wohl das Bedürfnis, die Ereignisse der letzten zwei Stunden noch einmal in Ruhe zu überdenken, und im Bereich der Manufakturen konnte man zu dieser Tageszeit - es nahte der Mittag - versichert sein, keinen Menschen auf der Straße anzutreffen, oder zumindest keinen, dem nicht dringliche Verrichtungen lediglich einen raschen Gruß erlaubten.

So marschierte Johannes mit mehr oder weniger abwesendem Geist vorbei an der Stoffmanufaktur, wo eine Vielzahl von Maschinen beständig all das erzeugten, was an Kleidung, an Segelwerk, an Packsäcken und tausenderlei anderer Tuchwaren von den Eichenburger Bürgern benötigt oder von den Seehändlern in andere Weltgegenden verkauft wurde.

Einige hundert Schritte weiter passierte der Richter den Stahlweg, beidseitig gesäumt von den lauten Hallen der Schmiede, die aus ihrem Rohstoff, den alten Eisen, das die Pioniergesellschaften stetig aus den Resten aufgegebener Siedlungen aus der alten Zeit, der Zeit vor dem großen Krieg, bargen, mit wunderbarem Geschick alles herstellten, was an Stahlwaren sich denken ließ. Die Eichenburger Schmiede waren berühmt, und zwar in der ganzen Welt, für ihre hohe Kunst und deren Erzeugnisse.

Wieder etwas weiter fand sich der Oberbefehlshaber der Wächter und Jäger zwischen den Hallen der Baumkocher, was seinen Geruchssinn unangenehm, aber seinen Stolz auf die Findigkeit seiner Mitbürger aufs angenehmste berührte:

In den riesigen Hallen verwandelten sich die Baumstämme, die von den Waldbauern weit im Westen dem Fluss anvertraut worden waren, vermittels der Kunst der chemischen Arbeiter in zahllose verschiedene Güter, die ihresgleichen nirgends zu finden

---

[1] Das muss kein Gegensatz sein - es gibt in der Grammatik auch ein verbindendes 'oder'. Oder?

vermochten, darunter wasserdichte und feuerfeste Stoffe, die derart dünn und leicht waren, dass ein Familienzelt daraus weniger wog als ein Glas Bier[1], siliziumdurchwirkte Gewebe, die das Sonnenlicht in elektrischen Strom verwandelten und zum Großteil für die blauschimmernden Segel der Eichenburger Handelsflotte gebraucht wurden, Stiele für Äxte und Stangen, die beinahe kein Gewicht, aber die Festigkeit und Zähigkeit von Stahl besaßen, und meist übertrafen.

Tatsächlich, bedachte Johannes, können die Eichenburger sich glücklich schätzen: Die weitaus meisten der von ihnen hergestellten Dinge waren ohne ein Gleiches, und das bewirkte, und im Laufe der Zeit in immer größerem Maße, einen umfassenden Wohlstand.

Selbst in den schlechtesten Herbergen war es heute eine Alltäglichkeit, zum Frühstück nicht nur eine Tasse echten Bohnenkaffees, sondern so viel des exotischen Getränkes, wie das Herz begehrte - oder ertrug - zu bekommen. Und war es nicht erst ein gutes Menschenalter her, dass die notwendigen Ausgaben für eine Woche etwa 4 Tagelöhne betrugen, und nicht, wie heute, nur zwei? Mit einiger Sparsamkeit, und unter Verzicht auf Bier und Zigarren könnte man mit einem Tagelohn gewiss eine Woche sein Auskommen finden[2].

Und während Johannes weiter durch den Teil der Stadt wanderte, der zum Wohlstand des Eichenburger Landes einen gar wesentlichen Beitrag leistete, wanderten seine Gedanken wiederum auf eben jenen allgemeinen Wohlstand, und, explizit auf seinen eigenen Wohlstand zu. Als Abkömmling der Familie von Waldhof war Johannes nicht gewohnt, übermäßig viel für sich selbst zu verbrauchen. Über Jahrhunderte hinweg galt diese Familie als anständig, tapfer und ehrenwert, aber dennoch als - im Vergleich zu ihrer Stellung - arm[3]. Noch heutigentags erforderten die Ländereien und Privilegien derer von Waldhof mehr, als sie einbrachten, und der nachgerade sprichwörtliche Geiz - in Bezug auf alles, was nicht in Flaschen abzufüllen oder auf Tellern anzurichten war - hatte sich keinen Deut geändert.

---

[1] Ein großes Glas, zugegeben.

[2] Nicht, dass Johannes - oder einer seiner Bekannten - das jemals ausprobiert hatten. Aber so hieß es, und es bestand kein Grund es zu bezweifeln.

[3] Wirklich arm war niemand im Eichenburger Land, aber die von Waldhof waren die Ärmsten unter den Reichen

Die neuen Ämter des Johannes von Waldhof erschlossen ihm einen fast sagenhaften, zumindest aber außergewöhnlichen Reichtum. Neben dem wöchentlich drei Tagelöhnen für das Richteramt, stand ihm als Sommerrichter täglich ein Vierteltag, und darüber hinaus für jede Verhandlung ein Zehntel Tag oder kurz ‚Stunde' zu. Gleichzeitig brachte die Kommandoführung über die Wachen und Jäger zwei und einhalb Tag je Woche, und das neue, noch unbenannte Amt war versehen mit einem Begleitbrief des Inhaltes, dass "Sämtliche Kosten und Spesen des Inhabers, ob zur Erfüllung seiner Aufgaben oder zur Erhaltung seiner Person, gleich welcher Art die Bedürfnisse sein mögen, zu Lasten der Kasse der Hohen Runde zu verrechnen" seien.

Dies Dokument, so hatten die hohen Damen und Herren, oder genauer, die hohen Damen und Herren von Seedorf, versichert, war ausgestellt worden aus zwei Gründen: zum einen, weil aufgrund der Neuheit der Aufgabe niemand im Stande wäre, die damit verbundenen Kosten zu schätzen, und zum anderen, weil der Empfänger dieses Freibriefes erstens ein Richter, zweitens ein Ehrenmann und endlich und in der Hauptsache ein von Waldhof, und daher vom Verdacht, diese Konzession zur Verschwendung zu nutzen ausgeschlossen war. Und zum ersten Mal vielleicht in der Geschichte des Eichenburger Landes klang in diesem letzten Teil der Begründung nicht die geringste Spur Herablassung mit.

"Nicht die geringste Spur", murmelte Johannes, denn das menschliche Gehirn weist eine Neigung auf, sowohl bei einer Form zu verharren als auch, diese mit anderen als den ursprünglichen Inhalten zu füllen, und nebenbei die Ergebnisse dieser Reflexionen dem Universum, oder zumindest einem fiktiver Zuhörer, mitzuteilen, "nicht die geringste Spur, nicht eine Andeutung, wer und warum den Hartmuth von Seedorf erschlagen habe. Ich muss es finden, allein schon, weil die Hohe Runde es mir aufgetragen, viel mehr noch, weil die Hohe Frau es erbeten - und am allermeisten, weil es nicht sein darf, dass ein Bürger ganz gleich wer, erschlagen wird ohne Sühne. "

Der alte Josef vollendete sein Werk am Bart des Johannes von Waldhof in ungewohnter, aber trotzdem geschickte Art: anstatt, wie es vorgesehen war, den Bart mit scharfer Klinge vollständig zu entfernen, forderte der neue Auftrag nun, die Kinn- und Halsbehaarung mittels der Schere in eine ansprechende Form und Länge zu versetzen, was auch aufs genaueste erfüllt wurde, und dem Richter viel angenehmer dünkte als die sonst übliche Rasur.

Selbstredend hatte Josef, den trotz seines vorgeschrittenen Alters weder die Kunstfertigkeit noch die Neugierde - ein Charakteristikum seines Standes - je verlassen hatte, die Hintergründe der Änderungen in den Wünschen seines Klienten als ein Gerücht längst erfahren, und da er am Morgen bereits Zeuge geworden war, wie Johannes in die Eichenburg und zur Hohen Frau berufen ward, so wurde ihm auch weiteres mitgeteilt.

Allerdings stellte der Richter den Tod des Herrn von Seedorf als einen, wenn auch noch nicht völlig aufgeklärten, Unfall dar. Er verließ sich darauf, dass durch die vielfältigen Kanäle, die sämtlich in den Barbierstuben des Freiheitsviertel zusammen fanden, die Nachricht von seiner Ernennung zum Sommerrichter die Stadt schneller durchliefe, als er selbst es vermocht haben würde, und tatsächlich wurde Johannes beim Eintritt in die Verkaufsräume seines bevorzugten Schneiders bereits in ehrerbietiger Weise und unter Verwendung seines neuen Titels begrüßt

"Herr von Waldhof! Allergnädigster Sommerrichter und Hoher Herr der Stadt und des Landes Eichenburg! Welcher glücklichen Fügung verdanke ich es, dich schon so bald nach unserem letzten Treffen erneut begrüßen zu dürfen?".

Franz, der Schneider sprach die Frage mit einem Lächeln auf den Zügen und einem breiten Grinsen im Tonfall aus, was einer Beglückwünschung des Richters zu seiner Ernennung und nicht weniger des Schneiders zu dem Auftrag, der daraus erfolgen musste, gleichkam.

"Schon recht, schon recht, mein lieber Franz, doch nenne mich, ich bitte dich, doch weiter beim Namen!", erwiderte Johannes mit einem Lächeln. "Es gilt dies wohl als Zeichen der Vertrautheit, und zu wem, wenn nicht zu seinem Schneider, soll ein Mann, dazu ein unverheirateter, denn noch sonst Vertrauen haben."

Franz verbeugte sich lachend: "Mein Herr, du ehrst mich wohl über Gebühr! Ist denn die neue Einkleidung so teuer, dass du Kredit begehrst? Ich bin, wenn auch seit heut' ein Hoher Herr zu meiner Kundschaft zählt, doch nur ein armer Schneider!"

"Beim Namen, Franz! Er lautet immer noch Johannes. Das neue Kleid wird nicht das Wesen ändern, nicht bei mir, du kannst beruhigt sein. Sowohl meine Freundschaft als auch meine Kundschaft, und erst recht die pünktlichste Bezahlung werden dir erhalten bleiben - denn wenn du auch den Namen der Familie nicht tragen magst, so bleibt der doch ein unzerreißbar Band."

Dass Johannes solcherart erwähnte, dass Franz, ein einfacher Schneider, ebenso wie er selbst ein Urenkel des Georg von Waldhof war und folglich ein Verwandter, wischte das Lächeln vom Gesicht des Schneiders. Er liebte es durchaus nicht, an diese Beziehung zu den von Waldhof erinnert zu werden, denn wenn auch der Groll über einen Streit, der ihn von der Familie entzweit hatte, seit langem verflogen war, so blieb doch die Erinnerung daran lebendig.

Dass Johannes ihn daran gemahnte, musste jedoch einen Grund haben. Wenn seine Nase sich zu Form eines Fragezeichens verbogen haben würde, konnte er doch keine erstauntere Miene zeigen als jetzt, aber er entgegnete nichts.

"Du sollst, und musst erfahren, mein Freund, was niemand sonst erfahren darf: nur deshalb erinnere ich dich daran, dass wir wohl Vettern[1] sind. Die Treue der Familie ist vonnöten, damit ich dir berichten darf, und nur wenn ich dir berichte, kannst du die Kleider, die ich benötige in der richtigen Art fertigen. Du siehst, es ist kein böser Wille dabei, sondern lediglich Notwendigkeit. So etwa, wie wenn einer Dame von Stand ein verborgenes Korsett ins Ballkleid einzufertigen wäre, und dies Geheimnis treu zu bergen sei."

"Dann nenn mir dein Geheimnis ... Vetter", sprach Franz, sichtlich beunruhigt, "und sei versichert, dass niemand von deinem Korsett erfahre. Im Übrigen, es ist noch nicht zwei Wochen her, da ich deine Maße nahm, und wenn nicht außerordentlich viele Bankette stattgefunden haben, so sollten die noch gelten."

Daraufhin berichtete Johannes seinem Verwandten von der Ursache seiner Berufung, und besonders von seinem neuen Amt, das noch nie jemand inne gehabt hatte, und für das folglich eine

---

[1] Im Eichenburger Land werden alle 'weiteren' Verwandten etwa gleichen Alters Vettern bzw. Cousinen genannt, Ältere Tanten / Onkel und Jüngere Nichten und Neffen. Das erleichtert den Umgang, wenn es auch die Familienforschung erheblich behindert.

neue Tracht zu entwerfen war, auch wenn es noch keinen Namen hatte.

Wie er erwartet hatte, war Franz schockiert über den Mord. "Erschlagen! Und, wie ihr sagt von hinten, und gar nicht im Streit, wie ist´s zu fassen! Ein Aufruhr stände an, wenn diese Nachricht sich verbreite. Das neue Amt, mein Vetter", Franz sprach das Wort nun ganz selbstverständlich aus, "das neue Amt muss aufs Genaueste gekleidet sein, es muss dem Fürchterlichem wohl entgegenstehen. Wir wollen sehen…".

Er griff zum Skitzenblock und begann mit sicherem Strich zu zeichnen, wobei er unentwegt weitersprach. "Es hat ein Element des Wächterstandes, genauso gut des Jägers, wie des Richters, so dass deine Ämter sich ergänzen, wir wollen sehen …"

Der Stift flog über das Papier, hier und da unterbrochen vom Aufschlagen einer neuen Seite "… ergänzen wir die Trachten zueinander, und übrigens, " Franz sah den Richter an, ohne sich beim Straffieren eines Entwurfes zu unterbrechen "Das Wesentliche scheint es mir zu sein, zu erfahren, warum der Hohe Herr erschlagen wurde. Denn hat man das Warum, so ist das Wer nicht weit"

Johannes nickte dazu. Er kannte Franz seit langem und wusste, dass er nicht unterbrechen durfte, und schon gar nicht mit dem Hinweis, dass er den nämlichen Gedanken bereits gedacht habe, wenn ein ideales Ergebnis die Bemühungen des Schneiders krönen sollte

"Ich denke mir das so: wir nehmen Hose, Hemd und Weste von der Jägerskluft, verwenden aber dort den neuen Stoff, den in der Manufaktur man letzte Woche erst vorgestellt hat, in dunkelrot, das Hemd aber heller." Johannes nickte erneut ohne zu sprechen. "Wenn übrigens kein Grund zu finden wäre in der Person selbst, so könnte dies - verzeih, es klingt absurd - und dennoch - nein …"

Die Stimme wie die Hand wurde langsamer, und erstmals beobachtete Johannes einen Stillstand beider. Fast war er bereit, ein Wort zu sagen, um Franz wieder in Tätigkeit zu setzten, da fuhr dieser auch schon fort:

"Und doch. Man muss es wohl bedenken: bei einem so außergewöhnlichen Verbrechen, das es gewiss verdient den Richtplatz[1]

---

[1] Auf dem so genannten Richtplatz nahe der Burg sind zu keiner Zeit Galgen oder Henkersblock aufgestellt gewesen, da die Todesstrafe nie als geeignetes Mittel im

wieder zu eröffnen, ist alles möglich. Wenn nun der Mörder sich zu versichern gedächte, dass er, wie auch der Grund zur Tat verborgen bliebe, dann mein Vetter, bist du in Gefahr.

Wir nehmen noch dazu den Mantel eines Richters, nur etwas dunkler in der Farbe als gewohnt, damit nicht helles Grün mit dunklem Rot in Streit gerate. Und ohne die Kapuze, aber, da es Sommer wird, aus leichtem Stoff, wozu ich dir ein gesondert Futter verfertige, das hier ein eigen Winterkleid vermeidet, das ist wohl recht?"

Ohne eine Erwiderung abzuwarten, die Johannes auch keineswegs zu geben beabsichtigte, um den Gedankenfluss des Schneiders nicht zu beeinträchtigen, fuhr dieser fort. "Das Bild wird klarer, in der Tat, und wenn wir noch den Hut dazu fügen, wie die Wache der Burg ihn zu tragen pflegt, nur ebenfalls im dunklen Grün, sowie im Sommer leichte Stiefel - das Material, Johannes, ist erstaunlich, wenn auch teuer, sehr leicht, und gut gelüftet, und dennoch könnte man die höchsten Berge drin erklimmen … ."

Es folgte eine längere Sequenz in der Franz sich hingebungsvoll über die von ihm gewählten Materialien für die neuen Kleider verbreitete, ihre Eigenheiten und Vorzüge, was Johannes, der seinem Schneider in dessen Fache volles Vertrauen schenkte, wenig interessierte. Folglich nutzte er diese Minuten, um über die Bemerkungen bezüglich des Mordes nachzudenken, und tatsächlich fand er diese stichhaltig.

Wenn jemand einen anderen erschlug, was äußerst selten geschah im Eichenburger Land, dann wohl zumeist im Streit nach zu ausgiebigen Besuch eines Schankhauses, seltener nach dem unrechten Besuch einer Dame, und nie, fast nie, ohne dass der Täter, sobald dessen Gedanken wieder Klarheit gewannen, im selbstverständlichen Vertrauen auf die Gerechtigkeit der Justiz, selbst das Verbrechen anzeigte.

Die Jäger brachen selten genug auf, einen Bürger zu suchen, und seit Menschengedenken war es nicht vorgekommen, dass sie nicht gewusst hätten, wen es aufzuspüren galt. Zumeist waren

---

Strafvollzug angesehen war - immerhin soll es ja dessen Ziel sein, Menschen nötigenfalls zu bessern.
Auf dem Richtplatz in Eichenburg wurden besonders hartnäckige Übeltäter, die trotz aller Bemühungen der Therapeuten und Psychologen wiederholt straffällig wurden, öffentlich mit Katzenscheiße beworfen. Diese Praxis wurde 566 aus hygienischen Gründen abgeschafft.

Flüchtige nur unwillig, einer Verpflichtung nachzukommen, oder besser: zur rechten Zeit eine Zahlung zu leisten. Meist geschah solches im Frühjahr, wenn die Rechnung eines Gastwirtes die nach dem Winter verbliebenen Mittel eines Menschen überstieg - die Lust daran, sich einige Tage in einer Manufaktur zu verdingen um schuldfrei in den Sommer zu gehen wurde manchmal von der Lust am sofortigen Aufbruch übertroffen. Wenn dieses einen wenig bekannten Gast oder eine besonders hohe Abrechnung betraf, wandte der betroffene Wirt sich wohl an die Jäger, um seines Gastes oder genauer, dessen Börse habhaft zu werden.

Das Verwirrende und Erschreckende an dem Mord war, dass kein Reim darauf zu machen war, und überdies es eine wohlüberlegte Tat gewesen sein musste: nur in der kurzen Zeit des Übergangs zum Sommer war die Stadt bereits entleert genug von ihren Wintergästen, um Zeugen zu vermeiden, und gleichzeitig noch ausreichend bevölkert, dass einer, der nicht jedermann bekannt wäre, nicht auffiele.

Dass Streit um eine Liebschaft den Hohen Herrn ein Ende bereitet hätte, dieser Gedanke machte Johannes lächeln - es war wohl allgemein bekannt, wenngleich auch niemand es je laut ausgesprochen hätte, dass die Zeit der Liebschaften für Hartmuth von Seedorf bereits vor einer Dekade ungewöhnlich früh abgelaufen war. Er hatte deswegen mehrere Ärzte, und sogar einen aus der Universität konsultiert, aber, nachdem diese allesamt keinen besseren Rat zu bieten wussten, als dass sie ihn morgens ein großes Glas Selleriesaft auf nüchternen Magen zu trinken hießen, sich schließlich drein geschickt.

Zu früherer Zeit wäre auch ein Ehrenstreit, vielleicht aufgrund der Erwähnung seiner Schwäche, noch denkbar gewesen, doch schon seit langem lästerte niemand mehr um diesen Gegenstand, und das Wesen des Verstorbenen wurde von Jahr zu Jahr weniger streitbar, bis er schließlich ein Musterbeispiel für würdigen Sanftmut[1] abgab. Auch seine Börse hatte der Tote noch in der Tasche, und zwar wohlgefüllt, so dass selbst die Vorstellung eines Raubes, an sich schon wenig wahrscheinlich, vollends absurd wurde. Wahrhaftig ein Sumpf, und kein Ende abzusehen.

---

[1] Vorbehaltlich einer gelegentlich recht spitzen Zunge, was in der Familie von Seedorf ein Erbübel ist.

Ein Ende abzusehen war dagegen in den Ergüssen des Schneiders, der, wie man bemerkt haben wird, sein Gewerbe mit der Hingabe eines Künstlers ausübte. Eben vervollständigte er seine Skizzen mit trefflichen Strichen und den Worten:

"Dazu passt vortrefflich als Insignie - ich glaube auch, das ist dir recht - der lange Fechtstab, ähnlich dem der Jäger - und nicht der Degen eines Wächteroffiziers. Das richtet endlich wohl ein Waffenmeister ... Fertig."

Die Zeichnungen, begonnen als flüchtige Skizzen, zeigten den Richter Johannes nunmehr in lebensechter Darstellung, angetan mit den erst entworfenen Gewändern, und nach einem sorgfältigen Blick darauf wusste dieser, dass ihm der keineswegs unerwartete Streit mit seinem Vetter bevorstand, der aller Wahrscheinlichkeit den üblichen Verlauf nehmen würde. Heute aber wollte Johannes, wenn schon nicht in Aussicht stand, am Ergebnis des bevorstehenden Disputes etwas ändern zu können, doch wenigstens an der Zeit, die gewöhnlich darauf verwendet werden musste, etwas sparen.

"Mein Freund und Vetter, mein Schneider und Vertrauter, erlaube mir, dir meine Glückwünsche auszusprechen", hub er an, um sogleich, ohne Raum für eine Erwiderung zu lassen, fortzufahren

"Aber ich sehe, du hast wie gewöhnlich nicht an Borten und Verzierung gespart, noch dazu in goldener Farbe, und den Hut mit einer Feder gar versehen … Still!", fügte er hinzu, als Franz seinen Teil anzubringen Anstalten machte.

"Still, ich bitte dich. Ich sehe ein, dass deine Künstlerseele solchen Zierrats wohl bedarf, indes: ich leid´ dies nicht. Und da ich heute noch erwartet werde, um mit der dem neuen Amte zugedachten Aufgabe endlich zu beginnen, erlaube mir das übliche Verfahren abzukürzen: ich nenn dich "Lauser" du mich "Geizsack" ich unterstelle dir die Beutelschneiderei, du mir den gröbsten Geschmack unter allen Richtern und zu guter Letzt bezahl ich die Hälfte der Borten und Schnörkel, damit du diese zur Gänze fortlässt.

Entschuldige," fügte er nach einem kleinen Moment hinzu, "Aber der Tag ist bereits zur Hälfte vergangen, ohne dass ich Schritte unternommen hätte, meinen Ämtern gerecht zu werden. Drei Garnituren? Und bis morgen Mittag? ist´s recht, mein Freund?"

"Es sei", antwortete Franz, der zuerst mit sichtlichem Widerwillen auf die ihm notwendig erscheinende Diskussion seiner Entwürfe verzichtete, aber rasch die Notwendigkeit der unziemlichen Eile eingesehen hatte, "es sei, wie du es wünschst. Erlaube mir, die erste Garnitur", er warf einen raschen Blick auf die Standuhr "heut' Abend um halb acht dir zuzustellen. Bei der Gelegenheit ..."

"Gewiss, es ist schon recht, dann wird die Kasse gleichgemacht. Ich bitte noch um etwas: verrechne mir den Preis für diese Kleider einmal in gewöhnlicher Machart und zusätzlich den Aufpreis für die besonderen Stoffe, die du so fein gewählt hast. Ich danke dir, und rechne auch die Extramühe."

Mit diesen Worten verabschiedete sich Johannes von seinem Schneider. "Ein kurzer Augenblick noch, Vetter!", rief ihm jedoch Franz hinterher, als er eben die Türe des Geschäftes hinter sich schließen wollte. "Dein neues Amt", fuhr er mit gesenkter Stimme fort, als Johannes ihn fragend ansah, "mir scheint, es hat den Inhalt, zu entdecken, was verborgen ist. Denn sieh, zu strafen ist des Richters, einen Schuldner zu finden des Jägers und einen Aufruhr zu verhindern des Wächters eigenste Aufgabe, so bleibt doch nur, will mir scheinen, das Entdecken oder Aufdecken des Verborgenen. Und folglich nenn doch dein neuestes Amt nach diesem Auftrag: Detektiv."

"Entschieden ein kluger Kopf, der Vetter Franz" dachte Johannes von Waldhof, während er den Weg zurück zum Burgviertel, diesmal auf der kürzesten Route, nämlich durch die Universität, einschlug.

Es war seine Absicht, den Wachen, und unter ihnen insbesondere den Jägern, einiges an ungewohnter Arbeit zu verschaffen, um mittels der Ergebnisse dieser Arbeiten hoffentlich eine Ahnung der verborgenen Gründe des Mordfalles zu erlangen.

"Zu schade, dass er auch ein solcher Querkopf ist, sein großes Talent auf die Schneiderei zu werfen, was dem Alten gar nicht gefallen konnte.

Und dann auch noch im Freiheitsviertel Wohnung zu beziehen, den Namen nicht zu tragen und jede Protektion sich zu verbitten, nur weil der Alte seine Kunst zu würdigen außerstande war, ein starkes Stück. Doch immerhin: Dies gibt mir, neben dem Besten, auch noch den vertrautesten Schneider, der zu denken ist. Im Ganzen sogar eine glückliche Fügung, dem Starrsinn sei Dank."

Und mit diesem Gedanken betrat er die große Halle der Universität, deren Durchquerung eine bedeutende Abkürzung bot. Oder geboten haben würde, wenn nicht, mitten im Saal stehend, der Kanzler der Universität ihn sofort mit scharfem, wenn auch nicht unfreundlichem Blick erfasst, und wie es seine Art war, sofort in ein Gespräch verwickelt hätte.

"Mein lieber Junge, Johannes!", rief der alte Konrad von Waldhof, der schon vor Jahrzehnten die manchmal peinliche Gewohnheit angenommen hatte, jeden seiner ehemaligen Studenten zeitlebens mit dem Titel 'mein lieber Junge' und jede Studentin mit 'mein kluges Fräulein' anzureden. "Wie freue ich mich über deine Ernennung! Und - ach kannst du mich beruhigen über die Gerüchte, schreckliche Gerüchte von dem lieben Jungen Hartmuth, es heißt, er sei tot?"

Wieder einmal hegte Johannes den Verdacht, dass die zur Schau gestellte Senilität des Kanzlers wohlbedachte Schauspielerei war. Immerhin leitete der alte Konrad, wie seine Studenten - und

sooft sie meinten, nicht von Außenstehenden oder gar von ihm selbst gehört zu werden, auch seine Fakultät - ihn nannten, schon seit einem dreiviertel Jahrhundert das Institut, und musste sich folglich auch im Alter von hunderundeinem Jahr gegen jeden Ehrgeiz jüngerer Kandidaten noch behaupten können.

"Herr Kanzler! Ich freue mich, dir nach so langer Zeit einmal meine Aufwartung machen zu können. Es ist beinahe zehn Jahre her, da ich zuletzt die Freude hatte, in unserer Universität studieren zu dürfen ..."

"Papperlapapp", lautete die scharfe Antwort. "Unfug, zehn Jahre. Du hast deinen letzten Abschluss, das Examen zum Richter vor 15 Jahren und 2 Monaten mit einer Beurteilung von sehr gut in allen Fächern, mit Ausnahme der Hofetikette abgelegt. Und heute sehe ich, dass du immer noch ein erbärmlicher Schwindler bist, obwohl so lange Zeit auf einem Beamtenstuhl dich schon etwas darin hätte lehren sollen. Komm mit", und wie ein Studienanfänger, der vom alten Konrad zu einem Gespräch über die letzten Beurteilungen geholt wurde, folgte der Hohe Herr und Sommerrichter Johannes seinem alten Lehrer.

Der alte Konrad von Waldhof war einer der wenigen dieser Familie, die jemals eine akademische Laufbahn eingeschlagen hatten. Überdurchschnittlich groß, und selbst noch im beginnenden Greisenalter[1] den Eindruck außergewöhnlicher Körperkraft vermittelnd, entsprach er viel mehr dem Bild eines Grenzers, der zwischen Scharmützeln mit Raubbanden sein Brot als Holzfäller verdiente, als dem eines Gelehrten. Man sagte dann auch von ihm, dass er einer neuen Idee mit Gegenargumenten so begegnete wie einer mächtigen Eiche mit der Axt: Er hieb drauflos, und zeigte eine These eine Schwäche, so fiel sie alsbald. Fand er aber eine Neuerung für richtig, dann war er der mächtigste Fürsprecher, den man sich wünschen konnte.

Eine Examensarbeit beim alten Konrad einzureichen war der Schrecken wie die Hoffnung eines jeden Studenten. Verriss er ein Werk nicht gnadenlos, dann war die Anerkennung durch eine gute Stellung gewiss, und hatte er kein gutes Haar an den studentischen Ergüssen lassen können, so würdigte er doch den Mut, sich seiner Kritik gestellt zu haben, indem er dem Einreicher so lange 'private Sonderbildung' zuteil werden lies, bis der gewünschte Abschluss erreicht war. Gerüchte wussten, dass der amtierende Dekan der Universität geschlagene zwölf Jahre durch diese Privatschulung gegangen war. Gemeinhin galt der Dekan als der Nachfolger des alten Konrad, und auch dieser selbst sagte gelegentlich: "Der liebe Junge wird´s schon schaffen, so schlecht und recht, denn wenn es auch ein dutzend Jahre brauchte - in diesem Kopf sind keine Flausen mehr, wofür ich selbst mich jederzeit verbürge ..."

Der greise Kanzler führte Johannes, seinen Urgroßneffen, in sein privates Arbeitzimmer, das, im Gegensatz zu dem stets repräsentativen offiziellen Raum des Kanzlers, mehr die Spuren rastloser Tätigkeit denn beständigen Aufräumens zeigte. Nebenbei wies dieser Raum auch zwei weitere Unterscheidungsmerkmale zu allen anderen, der Öffentlichkeit zugänglichen Räume der Universität auf, die Johannes beide zu schätzen wusste: zum ersten, die des alten Konrad eigene und mit der besten Auswahl alter

---

[1] Als Beginn des Greisenalters gilt im Eichenburger Land der hundertste Geburtstag. Zu diesem Anlass ist es erstmals statthaft, Faltencreme zu schenken.

Brände versehene Bar, und zum anderen ein kleines Porträt eines Ahnherr derer von Waldhof, das an sich wenig einnehmend war, aber eine besondere Wirkung entfaltete, indem es über einem der allgegenwärtigen Schilder mit der Aufschrift 'Im gesamten Universitätsgelände ist der Genuss von Tabak in jeder Form verboten!' aufgehängt worden war, so dass es dieses vollständig verdeckte.

Mit einem Glas versehen, dessen Inhalt ebenso lange in Eiche geruht hatte, wie der alte Konrad der Universität vorstand, und mit Genuss eine Zigarre aus dessen privaten Beständen verbrennend, berichtete Johannes, was am Morgen vorgefallen war, und welche Weiterungen daraus sich ergeben hatten. Auch schilderte er die Gedanken und Pläne, die er bereits gefasst, sowie die Anregungen des Schneiders Franz im Detail. Wohl machte dies den Zeitgewinn zuschanden, den er beim Erwerb der neuen Kleider hatte verbuchen dürfen, doch schien die Verzögerung durch den Rat des alten Konrad, nebst Brand und Zigarre, aufgewogen.

"Nun wohl, mein lieber Junge, lass dich zunächst loben, und zwar für die Klugheit und Umsicht, auf deines Vetters Wort zu hören: das neue Kleid fürs neue Amt scheint gut gewählt."

Johannes kannte die Manier des Kanzlers, jedweden Tadel, jede Berichtigung einer Arbeit, zunächst mit einem Lob einzuleiten, das, je umfangreicher es ausfiel, umso mehr und um so gröbere Zurechtweisungen nach sich zu ziehen pflegte. Daher erfasste ihn eine gewisse Unruhe bei des Kanzlers weiteren Worten:

"Auch der Titel deines neuen Amtes ist richtig ausgesucht, bezeichnet er doch Auftrag und Inhalt vortrefflich. Und gesondertes Lob verdient, dass du dich ohne Zögern deiner Aufgabe stelltest",

Johannes seufzte beinahe lautlos. "Doch bevor ich nicht das eine oder andere Wort der Kritik geäußert habe, kann mit ruhigem Gewissen ich dich nicht deiner Wege ziehen lassen, du hirnloser Idiot!"

Die letzten Worte waren eine schöne Demonstration der immer noch riesigen Leistungsfähigkeit der Lungen und Stimmbänder des alten Konrad.

"Was glaubst du denn, erreichen zu können? Wie willst du Verborgenes entdecken, wenn du dich zufrieden gibst mit 'Erschlagen worden ist der Sommerrichter'? Weißt du denn nicht, dass es, wie der Hochgelehrte Ferdinand von Waldhof, der in diesem Institut im Jahre 344 begann zu lehren, und zwar sowohl Medizin als auch die athletischen Übungen, nicht weniger als 45 Methoden unterschied, einen Menschen ohne Waffe, und 64, ihn mit einer solchen zu erschlagen, des weiteren zwei und ein halbes Hundert Arten, zu stechen, zu schneiden, zu würgen, kurz, einen Menschen zu Tode zu bringen? Was soll also das heißen: erschlagen?

Und weiter: was ist eine wohlgefüllte Börse? Ist diese wohl gefüllt mit Unflat? Oder mit einem Betrag an Tagelöhnen, wie hoch ist dieser und, das Wichtigste! : kann man die Summe von dem Herrn zu dieser Stunde und an diesem Ort mit sich zu führen auch erwarten? Finden sich etwa Papiere in seinen Kleidern? Welchen Inhalts? Von wem oder an wen geschrieben, und tausend weitere Fragen sind zu beantworten, bis du in der Lage sein wirst, dich 'Aufdecker von Geheimnisvollen' nennen zu dürfen."

Konrad von Waldhof hatte seine Stimme während dieser Zurechtweisung stetig gesenkt, und fuhr in mildem Ton fort: "Mein lieber Junge, nimm´s nicht übel, aber ich glaube fast, du bedürftest einiger privater Unterweisung. Ich bitte dich daher, etwa jeden dritten Tag bei mir zu erscheinen, um deinem Fortschritt förderlich zu sein."

Johannes nickte ergeben. "Im Übrigen, und da es deiner Eigenschaft als Detektiv wohl zusteht: Wenn du es wünschst, so kann ich wohl veranlassen, dass der Leichnam des armen Jungen Hartmuth einer gründlichen Untersuchung unterzogen werde, deren Ergebnis ich dir mit Bestimmtheit am ... Moment in drei Tagen, am Donnerstag mitteilen kann. Zum Glück und weil ich es erwartet, dass du ein solches Ansinnen stellst, hat der Leichenfledderer, entschuldige, der hochwürdige Herr Totenwächter, mit seinen ehrenvollen und alle Spuren beseitigenden Aufgaben noch nicht beginnen können. Er stolperte, wen ich darin nicht irre, über einen Schluck von meinem Wein ... Und sei beruhigt, wenn das kluge Fräulein Marianne, oder einer der Anverwandten dabei protestiert, so nehme ich die Verantwortung für einen missverstandenen Bfehl auf meinen Altersschwachsinn. Du siehst so blass aus, schenk' doch noch ein Glas ein, auch für dich.[1]"

---

[1] Neben seinen vielfältigen Befähigungen hatte der alte Konrad das hervorragende Talent, behandlungsbedürftige Blässe bei jedermann und zu jeder Zeit diagnostizieren - oder wenigstens erzeugen - zu können.

Nach einem arbeitsreichen Tage, während dessen er die Ratschläge des alten Konrad zu beherzigen sich alle Mühe gegeben und der ihn deshalb weit über die übliche Zeit hinaus in Anspruch genommen hatte, erreichte Johannes von Waldhof erst gegen Mitternacht sein Quartier. Er wohnte nicht, wie andre Hohe Herren, in dem Gebiet im Süden der Stadt, wo ihm immerhin die beiden von den von Waldhof betriebenen Herbergen offen gestanden wären, allerdings gegen eine höhere Rechnung als hier im Freiheitsviertel.

Wohl mieteten die weitaus meisten Studenten, auch aus den höchsten Häusern, sich dort ein, doch nur aus Mangel an Finanzen. Johannes von Waldhof jedoch hatte eine wahre Zuneigung zu diesem Teil der Stadt gefasst, den er, allein des Bildes wegen, das weniger von planerischem Geist und umso mehr vom Eigenwillen der Bewohner bestimmt, den wohlgeordnetem, aber auch immer gleichen Straßen bei den Herbergen vorzog.

Noch mehr als dem Bild des Freiheitviertels galt aber seine Zuneigung den Bewohnern. Nicht einer einzelnen Gruppe unter diesen, sondern der Gesamtheit von Handwerkern, Studenten, Künstlern aller Art, Lebenskünstlern oft darunter, die mit weniger als einen Tagelohn der Woche Fröhlichkeit abzutrotzen vermochten, Alte und Junge, Gescheite und Dumme, oft laut, meist lustig und - vornehmlich die Studenten - stets hoffnungsfroh und selten nüchtern.

Erfreut, aber wenig überrascht stellte er fest, dass ein gedeckter Tisch ungeachtet der späten Stunde ihn erwartete, obwohl er keine Nachricht geschickt und sein verspätetes Eintreffen angekündigt hatte. Magarathea, seine Wirtin, hatte selbstverständlich bereits am Mittag vom Ableben des Alten und der Ernennung des Neuen Sommerrichters vernommen, und, da sie eine außerordentlich kluge Frau war, bereits bedacht, dass ihr Herbergsgast sich gehörig ver-späten, aber um so mehr sich über einen Imbiss freuen werde.

Übrigens war Frau Magarathea, die gemeinhin Mag genannt wurde, dem Richter Johannes nicht nur dadurch verbunden, als dass dieser jetzt im elften Jahr in ihrem Hause wohnte, dem er vor vielen besseren Herbergen stets den Vorzug gab, sondern vor allem dadurch, dass diese Bevorzugung, zuerst durch die geringe Rechnung verursacht, seit etlichen Jahren in der Person Mag's begründet war.

Also wartete nicht allein die Wirtin auf den verspäteten Gast, was nicht Not getan hätte, da Johannes von Waldhof einen eigenen Schlüssel zum Hause besaß, sondern die Geliebte auf den Liebhaber.

Weit davon entfernt, die Zuneigung seiner Wirtin, die ihr Ehegatte von etlichen 10 Jahren mittels eines Sturzes vom Kopf der Treppe als junge, hübsche und geschäftstüchtige Witwe zurückgelassen hatte, dazu zu benutzen, die ohnehin günstige Rechnung weiter zu verringern, oder gar vom Ertrag der Wirtschaft einen Teil zu fordern, hatte Johannes im Gegenteil davon eher mehr den weniger Ausgaben.

Denn, so wie alle Waldhöfler, tat er sich schwer, der Liebsten das Eheversprechen zu leisten, nicht jedoch, allen Verpflichtungen eines Gatten - und darüber hinaus - nachzukommen. So öffnete er nicht allein den Beutel, wenn Mag eines neuen Kleides bedurfte, sondern begleitete sie selbst zum Schneider, besprach Schnitte und Farben und Stoffe und freute sich, schließlich mit Mag, die nicht wie eine Wirtin, sondern wie eine Herrin gekleidet war, zu flanieren. Übrigens verstand es Mag, dem Aufzug des hohen Standes auch dessen Artigkeit und Anmut beizugeben, so dass auch niemand einen Tadel daran fände.

Die Großzügigkeit des Richters in diesen Dingen erregte weder Aufsehen, noch Verwunderung, noch Spott. Zu allgemein war die Manier der Waldhöfler bekannt, nur zögerlich in den Stand der Ehe zu treten[1], aber in Bezug auf ihre Liebschaften ihren Geiz vollendet zu unterdrücken sowie einem vorwitzigen Spötter mit einem wohlgezieltem Hieb zu kontern.

Tatsächlich hatte auch Johannes bereits zweimal den Gang zum Richter angetreten, um eine diesbezügliche Schuld zu tilgen. Der Spötter, und auch das erregte nicht im geringsten Aufsehen, war der Herr Franz von Seedorf, und zwar in beiden Fällen, was einfach dadurch zu erklären war, dass Franz und Johannes im selben Studiengang - den zum Wächter - standen und sich folglich täglich trafen. Das Urteil lautete wie stets in diesen Fällen.

---

[1] Die von Waldhof zogen die uneheliche Treue der ehelichen Untreue bei weitem vor, und heirateten erst dann, wenn Sie sich vergewissert hatten, die richtige Wahl getroffen zu haben. Auch an Scheidungskosten kann gespart werden, mit ein wenig Weitblick.

Das gewöhnliche Urteil bei Streitigkeiten dieser Art hatte Johannes, wie jeder andere Richter auch, schon mehrmals selbst verkündet, doch zuerst vernommen hatte er es bei einer besonderen Gelegenheit: Als junger Student der Wache war er damals abgeordnet, der Sitzung beizuwohnen, was ein selbstverständlicher Teil der Studiums war.

Der Fall war einfach. Ein junger Mann aus der Familie von Seedorf hatte, der Spottlust nachgebend, einem von Waldhof gefragt, ob seine schlechten Stiefel wohl mit Geiz, oder durch Geldmängel aufgrund einer Liebschaft zu erklären seien, worauf der Waldhöfler die traditionelle Antwort gab. Wie es Sitte war, wann immer ein Urteil aufgrund eines Präzedenzfalles gefällt wurde, musste das originale Urteil verlesen werden:

"Ihr Damen und Herren, hört her. Ich verkünde hierdurch:

Dass der Herr von Waldhof, als Sühne für die Tat

Dem Herrn von Seedorf ausgeschlagen zu haben zwei Zähne

Was er durchaus auch nicht bestreitet

Zu zahlen hat der Tagelöhne drei,

Wovon der eine den Gericht für dieses Urteil diene,

Zwei weitere der Armenkasse zukommen,

Darüber hinaus hat er den Schaden zu ersetzen,

Der dem Gebiss des Gegners er getan"

An dieser Stelle hatte Johannes bemerkt, dass mit dem Richter ein kleiner Chor das Urteil rezitierte, als sei weniger ein Justiztermin sondern eine gemeinschaftliche Lesung im Gange.

"Der von Seedorf jedoch, der vermittels seines Spottwortes

Des Streites auch nicht ohne Schuld ist,

Der zahle drum den gleichen Satz,

Wie der von Walddorf an den Zahnarzt

Beim Witwen und Waisen Fundus ein

Und ebenfalls einen Taglohn der Gerichtskasse"

Normalerweise wäre jetzt die Aufforderung an die Beteiligten ergangen, das alte Urteil für Ihren Fall als zutreffend anzuerkennen, und danach hätte der Richter die Höhe der Strafen in diesem Fall verkündet. Doch gab es diesmal eine Abweichung.

"Nachdem ich alle Umstände genauestens geprüft, und Stunden mit dem Studium alter Akten zugebracht habe, sehe ich mich berechtigt, darauf hinzuweisen, dass hier besondere Umstände vorliegen, die die Anwendung des alten Urteils verhindern."

Im Saal gab es ein allgemeines Raunen, und die beiden Kontrahenten wechselten einen erstaunten Blick.

"Ich darf verkünden", fuhr der Richter fort, "dass heut dies Urteil nach den Aufzeichnungen zum 5000.sten Mal verlesen wurde, seit der Hohe Herr und Oberste Richter Julius von Bergen es im Jahre 214 zuerst verkündete. Ich nehme dies zum Anlass, von der richtigen und unanfechtbaren Entscheidung des Herrn von Bergen abzuweichen und verfüge Folgendes:

Erstens, dass der Herr von Seedorf und der Herr von Waldhof ihren Schaden, der eine an seinem Gebiss, der andere an seinem Stolz, jeder für sich zu tragen haben, und also auch kein Urteilsgeld fällig wird,

und zweitens, dass die beiden Herren, um der schönen und gemeinsamen Tradition zu würdigen, ein Fest zu geben haben, wobei an Singspiel und Artistik nicht gespart sein darf,

sowie drittens, dass jeder, der dies Fest besuche, drei Stundenlöhne spende, damit der Fundus für die Witwen und Waisen keinen Schaden erleide,

sowie viertens, dass jedermann, der sich erdreistet hat, den Vortrag des Urteils des Herrn von Bergen zu begleiten und auch der junge Wächter hier, da er sein Grinsen äußerst unzureichend zu verbergen wusste, drei Stundenlöhne hat zu zahlen,

und letztens, dass dieses Geld verwendet werde, um alle Anwesenden als Zeugen dieses Jubiläums in ein Gasthaus zu führen und jetzt schließe ich die Sitzung, ohne irgendeinen Einwand zuzulassen, danke."

Die letzten Worte des Richters gingen bereits im Jubel der Anwesenden unter, die, die gewöhnliche Würde des Gerichts vollkommen missachtend, sich gegenseitig auf die Schultern klopften, und sich eilten, das Urteil zu vollstrecken. Die Familien von Seedorf und von Waldhof aber gaben wirklich ein rauschendes Fest zugunsten der Armenkasse, und wiederholten dies dazu in jedem Jahr. Die von Seedorf meinten, es sei ihrem Stolz zuträglicher, nicht zur Wohltätigkeit verurteilt zu werden, die von Waldhof begründeten, es sei viel billiger, ein solch großes Fest rechtzeitig planen und Vorkehrungen treffen zu können.

Ebenfalls wiederholt wurden aber auch die Spötteleien und gelegentlich daraus folgende Reparaturen an einem Seedorfschen

Gebiss, sehr zur Freude der Fundusverwalter, die somit den Bedürftigen eine großherzige Unterstützung zuteil werden lassen konnten, und ebenfalls zu Erbauung des Publikums, das sich weiterhin zum Preis von drei Stundenlöhnen am Mitsprechen des Urteils erfreute, sooft es verkündet wurde und darüber hinaus schon Wetten abschloss, welche Auflage wohl mit dem zehntausendsten Jubiläum einher gehen würde.

Wie sich leicht erraten lässt, war der Faustkampf, mit offener wie geschlossener Hand, eine beliebte Übung in den Kreisen höherer Gesellschaft im Eichenburger Land, und auch Johannes von Waldhof betrieb dies regelmäßig. Nun darf man nicht annehmen, dass er zu diesem Zweck auf die Spottworte eines Herrn von Seedorf zu warten habe, sondern er war, wie die meisten seiner Landsleute gleich welchen Standes, eingeschriebener Gast im Sportsaal der Universität, wo außer dem Faustkampflehrer auch die Trainer für das Bogenschießen, das Axt- und Messerschleudern, die Fechtkunst sowie die Unterweiser für Kräftigung, Ausdauer und Beweglichkeit des Körpers ihre Dienste anboten.

Den Frauen in Eichenburg stand ein ihnen passendes Programm offen, das, wie man wohl vermutet, auf den Faustkampf verzichtete, aber sonst dem für die Männer gleich war. Johannes hatte sich für drei frühe Termine jede Woche eingetragen, die er mit größter Gewissenhaftigkeit wahrnahm. Frühe Termine, und das hatte seine Entscheidung dafür bestimmt, waren zum halben Preis einer Tagesstunde zu bekommen, da die Einrichtung in der Frühe viel weniger besucht wurde - immerhin war ein Gutteil der regelmäßigen Besucher unter den Studenten zu finden, die abends gerne im Freiheitsviertel das Angebot der Wirte prüften, und, weil es ihnen darin an Übung noch mangelte, den Hahnenschrei oft überhören.

Die Regelmäßigkeit, mit der Johannes von Waldhof seine Übungen pflegte hatte zwei gute Gründe: Verpasste er den Tag, so wurde von dem jährlichen Entgelt nichts gutgeschrieben oder rückgezahlt, sondern war verloren, und außerdem hatte ein vertrauter Arzt ihm zugesichert, regelmäßige Betätigung, sofern es nicht zur Übertreibung ginge, erhöhe die Lebensspanne und senke die Kosten für Krankheitsbehandlung ganz beträchtlich.

So fand er Geld und Zeit gut angelegt, und fand sogar noch sein Vergnügen. Der gewöhnliche Partner bei den Übungen im Wettstreit - sei es Ringen oder Stockfechten - war ihm Franz von Seedorf, derselbe, dessen loses Mundwerk im Verein mit Johannes ebenso lockerer Hand sie beide zweimal vor den Richter gebracht hatte, und da diesen Gelegenheiten sich ergeben hatten, als beide noch Studenten und folglich mit zu wenig Barschaft versehen waren, entwickelte sich daraus eine Freundschaft, nachdem der Groll einmal verraucht war.

Dass dieser Groll besonders rasch verrauchte, verdankten sie dem alten Konrad. Als der erfuhr, dass schon zum zweiten Mal die beiden vor Gericht gestanden, und jeder 15 Tagelöhne zu berappen hatte, legte er sich bei ihren Familien ins Mittel und erreichte, dass beiden lieben Jungen die Kosten nicht aus väterlicher Tasche ausgelegt wurden. Statt dessen nahm er sie gemeinsam ins Gebet, und über den Verlauf dieser gewiss nicht angenehmen Stunde erfuhr man nur, dass der Herr Kanzler ihnen die Strafe würde zahlen, wenn sie beim Jahresabschluss bestes Urteil des Kollegiums erlangten, im andern Falle aber von jedem das Doppelte, also 30 Tage, niedere Dienste verlangte. So fanden sich die beiden Jünglinge gezwungen, sich gegenseitig im Studium zu unterstützen.

Auch der alte Konrad fand sein Geld gut angelegt, da beide nicht nur mit dem besten Urteil, sondern auch als beste Freunde das Jahr vollendeten. "Da sieht man, wie unter rechtem Druck die Elemente, die sich sonst fremd, verbinden können", sprach der Kanzler fortan bei jeder ersten Lesung sowohl im Fache Chemie als auch Soziologie.

Franz von Seedorf wartete bereits im Übungssaal auf das Erscheinen seines Freundes, doch nicht wie sonst in Erwartung einer, wenn auch anstrengenden, so doch vergnüglichen Stunde der Übungen, die beide Herren alsdann mit einem - übrigens im Preise für das Morgentraining einbegriffenen - gehaltvollen Frühstück zu beenden pflegten, sondern mit umwölkter Stirn.

"Wir kannst du, lieber Freund, es wagen, die Güter und Gemächer meines Onkels in Beschlag zu legen. Erklär' dich, ich bitte darum -

denn voller Ungeduld drängt mich gekränkte Ehre, gehörig dir den Rücken auszuklopfen."

"Ich bitte dich, mein Freund, zunächst um eine Aufklärung. In welcher Form ist deine Ehre dir gekränkt? Ich weiß beim besten Willen nicht zu sagen, wie ich dies verursacht haben könnte…"

"Der Lump von Wächter, der am gestrigen Nachmittag die Gemächer meines verstorbenen Onkels in unserer Familie Haus versperren und uns den Zutritt gänzlich untersagen wollte, er handelte nicht auf deinen Befehl? Oh, dann …!"

Johannes erkannte an diesen Worten, dass Franz von Seedorf wirklich in hohem Grade erregt war, denn die Versiegelung der fraglichen Räume hatte nicht irgendein Wächter übernommen, sondern der Hauptmann, Friedhelm von Bergen selbst.

Diesen einen Lump zu nennen konnte nur ungebührlich geheißen werden, besonders von Franz, der mit Johannes von eben diesem Hauptmann während ihres Studiums betreut worden war.

"Doch doch, so lautete mein Ansinnen. Doch dacht' ich nicht, dies könne einen, der dem Hohen Herrn und Richter nahe stand, erzürnen, denn …"

"Denn?"

"Denn diese Maßregel erließ ich nur, um dessen schimpflichen Tot nach Möglichkeit Sühne zuzufügen."

"Erkläre dies!"

"Sogleich! Doch bitte: von unsrer Stunde sind schon drei Minuten um. Wenn´s recht ist, üben wir das Fechten, denn es verdient uns das Frühstück und hindert kaum am weiteren Besprechen."

Nicht nur, weil die Fechtübung die zu einer weiteren Unterhaltung geeignetste war, derweil der Fechtsaal nur von sehr wenigen Gästen benutzt wurde, stellte Johannes dieses Ansinnen, sondern auch, um seine neue Amtsinsignie, einen fast mannlangen und dunkelroten Fechtstab, auf seine Tauglichkeit zu prüfen. Denn nichts war ihm mehr zuwider, als ein unnützes Ding herumzuschleppen nur zum Zeichen eines Amtes[1].

---

[1] Die Insignie des Richterstandes, eine Axt, deren Tauglichkeit nicht weiter hätte leiden können, wenn sie aus Weingummi gefertigt gewesen wäre, hatte Johannes bereits durch ein Exemplar aus dem heimischen Forstbetrieb ersetzt. Menschen können sehr eigen sein in solchen Modefragen.

Durch die ruhige und durchaus vernünftige Art, wie Johannes auf Franzens Anwurf reagierte, und durch ihre jahrzehntelange Freundschaft darüber beruhigt, dass die Beschlagnahme der weltlichen Güter seines Onkels keinen Affront, sondern eine, wenn auch ungewöhnliche, so doch notwendige Maßnahme darstellte, stimmte der Herr von Seedorf zu, und beide begaben sich in den für das Stockfechten bestimmten Teil der Halle. Das weitere Gespräch fand folglich unter fortwährenden Attacken und Paraden, der beiden, untermalt von dem scharfen Geräusch aufeinander prallender Fechtstöcke statt, was manchmal den Redefluss ins Stocken gerieten ließ.

"Du weist wohl, Franz, dein Onkel .... starb auf recht seltsame Art..."

"Ein Unfall doch? ... So hat man uns berichtet."

"Mitnichten. Mord im Hinterhalt! ... du weißt gewisslich die Gerüchte?"

"Nun gut ... ein Streit zu vorgerückter Stunde ... vielleicht nach längerem Gesauf ... die Faust trifft härter als gedacht ... ein Unfall!"

"Doch keineswegs! ... das kann mit völliger Gewissheit ... ich berichten."

"Wie das?"

"Nun ... es gab zum Beispiel keinen Kampf ... nur ein Geschrei ... ein kurzes."

"Woher weiß man, dass ..."

"Nun, der Wächter ... der den Streit zu schlichten dort ... hinzueilte, fand ..."

"... meinen Onkel erschlagen, ich weiß."

"Er fand ALLEIN deinen Onkel, und niemand weit und breit!"

"Verteufelt! Das ist wahrlich seltsam! Du meinst ...."

"Genau, ich meine. Doch still jetzt, lass uns .... "

"Ich sehe schon, denn da kommen andre."

"Verteufelt, das war knapp!"

"Das jemand uns gehört?"

"Nein, die Parade ... und ... touche!"

Im Speisesaal der Universität, wo Johannes von Waldhof und Franz von Seedorf anschließend ihr Frühstück nahmen, herrschte glücklicherweise kein sonderlicher Andrang. Die wenigen Studenten, die nicht in den Sommer aufgebrochen waren, um auf den heimatlichen Höfen den Unterhalt fürs nächste Winterhalbjahr zu verdienen, befanden sich noch nicht in der Verfassung, schon zu essen.

So konnten die beiden Herren ungestört verhandeln, und Franz von Seedorf stimmte schließlich der Notwendigkeit der lästigen Maßnahme zu, äußerte aber Bedenken, was die Sichtung der Räume und des Besitzes seines Onkels anging.

"Ich seh´ es wohl – allein, es scheint mir ohne Würde, die Ehr' des Toten gar verletzend, wenn Wächtern sollt gestattet werden, sein Hab und gut zu visitieren."

Auf diesen Einwand wohl gefasst, entgegnete Johannes "Dem stimm' ich bei - doch könnte man den Schaden wohl begrenzen."

"Wie das?"

"Nun, wenn ein naher Anverwandter es könnt' übernehmen, die Hinterlassenschaft zu ordnen, dem könnte ich als Schreiber dienen und keine unberufne Hand wär´ angelegt, sowie kein loser Mund eventuelle Funde kund könnt' tun."

Völlig zufrieden mit den Ergebnissen des Vormittages - die Verabredung mit Franz wie auch die Qualität seines neuen Fechtstabes hatten seine Erwartungen übertroffen - verabschiedete sich Johannes, um zum Burgviertel zu eilen, wo das Büro des Detektivs eingerichtet war.

Johannes von Waldhof fühlte sich nicht recht wohl in seiner Haut, als er, von Amtes wegen, an der Bestattung seines Vorgängers teilnahm. Nicht, dass ihn sonst die Begleitung eines Mitbürgers aus dem letzten Wege etwa fröhlich gestimmt hätte, doch heute lastete eine besondere Anspannung auf ihm. Die Untersuchung der Hinterlassenschaften des Verstorbenen war, mit widerstrebender Billigung des Familienvorstandes der trauernden Familie, Karl von Seedorf, einem rüstigen Herrn von 83 Jahren, von seinen Freund, Franz von Seedorf selbst durchgeführt worden. Johannes hatte, wie versprochen, dabei als Schreiber gedient.

Die letztendliche Zustimmung zu seinem Vorhaben hatte der alte Herr erst erteilt, als ihm die Unstimmigkeiten und sonderbaren Umstände betreffs des Todes eines seiner Neffen geschildert worden waren, darüber hinaus Johannes sein Ernennungsschreiben als erster amtierender Detektiv im Eichenburger Land nebst Auftrag und Vollmachten zur Prüfung vorgelegt, und schließlich er sein Ehrenwort gegeben, allertiefstes Stillschweigen nicht nur über eventuelle Ergebnisse der Untersuchung, sondern über diese selbst zu wahren, jedenfalls, soweit sein Amt und Auftrag dies gestatteten.

Die Ansinnen des alten von Seedorf waren, weil dieser fast ertaubt, mit übermäßig lauter Stimme gesprochen und im ganzen Hause, wenn nicht auch in der ganzen Straße zu hören gewesen, so dass ein jeder von Seedorf seine, Johannes´ Rolle in der Angelegenheit wohl kannte.

Darüber hinaus erstatte Franz nach der Visite seinem Großonkel Bericht, und dieser betonte mehrfach und noch lauter als zuvor, es sei schon immer klar gewesen, dass diese Untersuchung selbstverständlich keinesfalls auch nur den geringsten Anhalt für egal was je zutage hätte fördern können, verbreitete sich über überflüssige Maßnahmen, überflüssige Verdächtigungen und überflüssige Ämter, Amtsinhaber und vieles mehr.

Durch diese Angelegenheit waren die Blicke und Bemerkungen der Familie des Verstorbenen gegen dessen Amtsnachfolger wenig freundlich, oder zumindest von großer und den von Seedorf ungewohnter Unsicherheit bestimmt.

Johannes nutzte daher gern den Umstand, dass ihm wegen seiner Stellung das Tragen seines Hutes auch im Friedwald gestattet war und freute sich - ein wenig - über die treffliche Wahl, die sein Schneider getroffen, denn der Hut der Palastwache hatte eine weite und ein wenig herabhängende Krempe, die vollständig verbarg, dass er in Gedanken nicht der Grabrede folgte, indem sie sein Gesicht beschattete.

Ein Aufenthalt im Friedwald regt die seichteste Natur zu tieferen Gedanken an, den Lautesten macht es leise und tröstet die Untröstlichen. Die Toten der Stadt Eichenburg werden in einem großen Areal nordwestlich des Burgviertels zur letzten Ruhe gebettet, das in vielerlei Hinsicht einzig bleibt: Es ist der einzige Wald, der nicht frei zu betreten ist, denn ein fester Zaun umgrenzte ihn - nicht etwa, um den Bürgern, sondern vornehmlich den Rehen den Zutritt zu verwehren.

Im Eichenburger Land erhalten die Verstorbenen anstelle eines Grabsteines einen Baum auf ihre Ruhestätte, und daher ist alles Wild und Vieh, das Neugepflanztes abweiden konnte, hier nicht geduldet. Nachdem einmal gesetzt, wird ein Grabbaum vollkommener Ruhe überlassen und nie gefällt. Allein Naturgewalt oder natürliches Absterben beenden sein Leben und auch dann wird kein Teil, wie auch kein Herbstblatt und keine Frucht aus dem Wald entfernt um irgendwo Verwendung zu finden. Auch ist der Friedwald zu Eichenburg - als einziges Land - nicht der Besitz der Hohen Frau, und daher wird auch keine Pacht erhoben, die die hier Ruhenden im Übrigen auch schwerlich zu erbringen vermochten.

Allein den Toten gehört der Friedwald, und alle seine Früchte - auch wenn sie nur wenige Einwände erheben, dass die zahlreichen, und, weil die Jagd im Friedwald allein den Eulen und Adlern vorbehalten bleibt, gar zutraulichen Eichkater sich für die wahren Herren halten. Der Baum, den Hartmuth von Seedorf zu seinem Grabbaum bestimmt hatte, war eine Buche, was der üblichen Art seiner Familie entsprach. Er hatte dazu in seiner Verfügung, die bei der Grablegung verlesen wurde, bemerkt:

"Es sei eine Buche, eine rote, die mein Grab beschatten soll, denn allemal die Eichkater werden daran die größte Freude haben, wie auch die Bedürftigen", denn es war die Sitte, zum Bepflanzen des Grabes einen Betrag an den Wohlfahrtsfundus zu entrichten, und zwar in der Höhe ausgerichtet nach der Lebensdauer des gewählten Baumes. Und weil die Buche nach der Eiche - die als Grabbaum allein den Hohen Frauen zukommt - wohl das höchste Alter in einem Walde erreicht, so ist die Spende für diese hoch.

Das Vorgehen hatte man bestimmt, um das Gebiet des Friedwaldes nicht ins Endlose auszudehnen, und die weitaus meisten Bürger wählten dann auch Birken oder Eschen, Vogelbaum oder, weil besonders sparsam, den Holunder. Der stattliche Buchenwald aber, ein Drittel des Gebiets umfassend, zeigte an, dass die von Seedorf eine zahlreiche, wohlhabende und auch wohltätige Familie waren.

Die Ärmsten übrigens, die ohne Hinterlassenschaft zum Erwerb eines Baumes verstarben, so ist die Regel, erhalten aus der Kasse der Hohen Frau einen Rosenstock auf ihr Grab. Da wenige im

Eichenburger Land arm sind, belastet dies die Hohe Frau nur wenig. Es finden sich nicht mehr als zwei oder drei Dutzend Rosenstöcke in dem Wald.

Dass die von Waldhof es für angemessen hielten, als übliches Gewächs die Haselnuss zu wählen, ist weniger begründet durch ihre Sparsamkeit, als dadurch, dass sie in einem Spottwort eines Dichters einiges an Wahrheit fanden: "Der Hasel wuchert doch wie Unkraut auch auf kärgstem Boden, fällt man ihn, ersteht er schleunigst auf, ist überall zu finden, gibt prächtige Prügel, gibt herrliches Essen, kurz - könnte man ihn zur Herstellung von Bier und Brand noch verwenden, so hieß´ er von Waldhof."

Der Eichenburger Friedwald war natürlich nicht der einzige im Eichenburger Land, denn es wäre, vornehmlich im Sommer, schlecht gegangen, einen Verstorbenen über etliche Tagesmärsche zu transportieren. Doch da die meisten Bürger, sobald dem Tod sie nahe sich wussten, eine letzte Reise in die Hauptstadt antraten, um dort ihr Leben zu beschließen, war es der größte.

Die verschiedenen Teile des Friedwaldes zu Eichenburg sind nicht weiter gekennzeichnet oder einzelnen Ständen oder Familien vorbehalten. Jeder ist frei, den ihm genehmen Grabbaum zu wählen, immer mit Ausnahme der Eiche, oder den Platz auszusuchen - doch dabei gibt es Einschränkungen: So ist der Eichengrund und der angrenzende Hügel reserviert.

Der Eichengrund, wie man sich denken kann, ist der Versammlungsplatz der verstorbenen Hohen Frauen, und auf dem nördlich davon gelegenen Hügel, Ehrenhügel genannt, können nur jene bestattet werden, die zum Ersten Mann im Eichenburger Land erwählt wurden - eine Wahl, der allein der amtierenden Hohen Frau zusteht, die diese aber nur zu treffen hatte, wenn dem Land eine Gefahr drohte, der die Hohe Runde nicht mehr gewachsen scheint.

Geschah solches - und in längst vergangenen Jahrhunderten geschah es in der Tat - dann wurde die gesamte Macht des Landes in die Hände eines Einzelnen gelegt, der geeignet erschien, diese Gefahr abzuwenden.

Dieser eine, der Erste Mann, war dann uneingeschränkt befehlsgewaltig, und, um das zu legalisieren, der offizielle Gatte der Hohen Frau[1]. Von diesem Gesetz zeugten allein noch acht uralte Eichen, die jede an eine Bedrohung erinnerten, die einst das Eichenburger Land bedrängten, und an die Helden, die diese Gefahr gebannt.

Nach der Bestattung begab sich Johannes allein zu dem kleinen Hain von Eiben, der sich an der Ostseite des Eichengrundes befindet. Jedes Mal, wenn er aus irgendeinem Anlass der Friedwald betrat, besuchte er diese Stelle, denn unter den immergrünen Büschen ruhte - neben anderen - seine Schwester Katharina von Waldhof.

Ein in mehr als einer Hinsicht tragischer Unfall hatte diese ereilt, kurz vor ihrem 22. Geburtstag, vor zwölf Jahren. Dass Katharina nicht mit einem Haselstrauch als Grabbaum zur Ruhe gelegt war, hatte einen besonderen Grund: Sie war, gemeinsam mit der um ein Jahr jüngeren Marianne von Seedorf zur Hofjungfer bestellt, als solche eine der beiden möglichen Nachfolgerinnen der damaligen Hohen Frau, Annemaria von Seedorf gewesen, und für die Hofjungfern, die nicht die Nachfolge der Hohen Frau antraten, war eben dieser Eibenhain bestimmt.

Es war allgemein bekannt, dass Annemaria von Seedorf Katharina zu ihrer Nachfolge vorgezogen hätte. Aber ein Reitunfall während eines Besuches im heimatlichen Waldhof zerstörte diese Hoffnung, und brachte Marianne von Seedorf in das höchste Eichenburger Amt - das sie, wie wir bereits wissen, aufs Beste einnahm und ausübte. Johannes gedachte auch weniger des Verlustes, das Höchste Amt des Landes für die Familie von Waldhof zu gewinnen, als seiner Schwester als Person, die mit ihrem reizenden Wesen und beständiger Fröhlichkeit jeden in ihrer Umgebung zu bezaubern gewusst hatte. Mitten in seinen Betrachtungen bemerkte Johannes, dass er nicht allein war.

---

[1] Das ist der Grund dafür, dass die Hohe Frau unverheiratet bleibt. Es ist aber die einzige Beschränkung, die mit dem Amt einhergeht: weder muss die Hohe Frau auf Liebschaften verzichten, noch ist sie verpflichtet, mit einem Ersten Mann eine solche einzugehen.

Unwillig sah er auf, und konnte seine Überraschung kaum verbergen, als er Friedhelm von Bergen, den Hauptmann der Wache erkannte, der mit düsterem Blick die Eiben musterte.

"Entschuldige, junger Freund, dass ich dich in deinem Gedenken störe - es war ein fürchterlicher Schlag für alle ..."

"Das war es wohl, für die von Waldhof wenigstens", konterte Johannes, der sich etwas gestört fühlte, wenig höflich, was aber Friedhelm von Bergen nicht zu bemerken schien.

"Nein, junger Freund, für alle, für alle, und für mich besonders."

Johannes hatte den Eindruck, dass der Hauptmann sich gar nicht recht bewusst war, dass er etwas laut sagte, geschweige denn, wer sein Zuhörer sei, daher schwieg er dazu.

"Die Waldhöfler wurden ihrer schönsten Blüte beraubt, die Annemaria ihrer erwählten Nachfolge, und ich - mir hat dieser Fehltritt eines Pferdes die Liebe zertreten, auf die ich gehofft ..."

" ....!" Johannes unterdrückte einen Ausruf gerade noch, so überraschend traf ihn dieser Satz des Hauptmannes, überraschend auch deswegen, weil seine Schwester ihm nie von einer Annäherung des Herrn von Bergen berichtet hatte - im Gegenteil, manchmal hatte sie erzählt, er wäre von geradezu empörender Unempfindlichkeit gegen ihr Lachen.

Herr von Bergen war vor fünfzehn Jahren der kommandierende Offizier der Palastwache geworden, und Johannes, der erst kurz zuvor das Studium zum Richter abgeschlossen hatte, aber noch nicht ins Amt gerufen war, hatte viele Tage bei der Wache zugebracht.

"Er hätte doch, es wäre ja das natürlichste gewesen, mit mir gesprochen ... vielleicht war seine Protektion der Liebe zu meiner Schwester geschuldet", dachte Johannes. "Aber nein, so sind die von Bergen nicht, und dieser gleich gar nicht ..."

Friedhelm von Bergen verfiel in ein düsteres Schweigen, und Johannes bedauerte diesen Unglücklichen, der offenbar erst spät im Leben überhaupt die Liebe gefunden, und dem diese dann, bevor sie hätte erfüllt werden können, entrissen war, doch spürte er, dass ihrer beider Trauer sie nicht verband, sondern trennte - so ging Johannes leise fort, den großen, düsteren Hauptmann allein zurücklassend.

"Nein, so sind sie nicht, die von Bergen, und dieser zweimal nicht", wiederholte Johannes seinen Gedanken, halblaut gemurmelt diesmal. "Ein Musterbeispiel für seine Familie ist der Herr Friedhelm: ein wenig arg steif, sehr ehrenwert, sehr moralisch. Wenn er protektiert, dann nur aus Überzeugung, dass es verdient sein wird - und endlich habe ich die Protektion wohl gut rechtfertigt!"

Die von Bergen waren tatsächlich für allerhöchste Rechtschaffenheit bekannt sowie für besonderen Fleiß und Zuverlässigkeit, Eigenschaften, die vielleicht weniger glänzend sein mochten, als die derer von Waldhof oder von Seedorf, aber nicht weniger von Wert.

Darüber hinaus galten die von Bergen als mit der größten Beherrschung und der höchsten Moral versehen. Kaum einmal muss ein von Bergen vor einem Richter erscheinen um eine Zornestat zu entschulden, nie, um ein außereheliches Kind anzuerkennen, aber auch selten nur, um Klage zu führen.

Viele der Familie leisteten Großes, früher als Verteidiger der Bergfeste - daher der Familienname - als noch gelegentlich Raubzüge das Land heimsuchten, aber vor allem in der Weiterführung der Wissenschaften.

Die moderne Gasproduktion ging ebenso wie die meisten Entwicklungen der chemischen Manufakturen auf Forschungsarbeiten der von Bergen zurück, die, wie der alte Konrad es zu formulieren liebte: "Der Beweis dafür sind, dass Fleiß und Genauigkeit jeder Inspiration, sogar dem Talent überlegen sind". Meist setzte er hinzu, dass "Es eines Genies in einer begnadeten Stunde bedürfe, um diese Langweiler in die Schranken zu weisen".

Mehrere derer von Bergen dienten in der Wache, und wie es ihre Art war, dienten sie mit besonderer Treue. Während für die meisten das Studium zum Wächter nur ein notwendiger Schritt in der einen oder anderen Laufbahn darstellte, blieben viele von Bergen sehr lange in diesem Dienst. Friedhelm von Bergen war in seinem 19. Jahr eingetreten, also bereits 34 Jahre Wächter.

Bei anderen hätte dies vielleicht auf einen Mangel an Ehrgeiz hinweisen mögen, vielleicht auch auf eine mindere Begabung, aber nicht so beim Herrn von Bergen: Er sah es als seine Aufgabe, die

Wache zu halten und so viel als möglich zu Ordnung und Sittsamkeit in Eichenburg beizutragen.

"Oder aber", dachte Johannes, "es hat ihn erst die Liebe und dann die Trauer auf dem Posten gehalten". Fast schon rügte er sich für diesen Gedanken, bevor ihm einfiel, dass Friedhelm von Bergen mehr als jeder andere Wachoffizier für die Sicherheit von Fuhrwerken und die Vermeidung von Unfällen geleistet hatte.

Franz hatte es, den alten Karl von Seedorf wohl kennend und mit der Absicht, seinen Freund nach Kräften zu unterstützen, auf sein Gewissen genommen, seinen Großonkel über die Ergebnisse der Untersuchung von Herrn Hartmuth von Seedorfs Räumen zu belügen. Denn mit gewaltigem Erschrecken hatte er im Schreibschrank des Verstorbenen, und zwar in einem fest verschlossenen Fach, das er erbrechen musste, da kein Schlüssel aufzufinden war, einen Beutel mit der ungeheuren Summe von 600 Tagelöhnen entdeckt.

Das konnte kaum mit rechten Dingen zu erklären sein, denn warum sollte ein Mensch, dazu noch einer, der der reichsten Familie des Landes entstammte, eine derart ungeheure Summe Barschaft horten? Die von Seedorf übernahmen es stets, die ihren zu erhalten, wenn einer nicht mehr fähig war, sein Auskommen zu sichern. Ein Betrag, der über sieben Jahre die Bedürfnisse eines Menschen zu decken vermochte war also wenigstens unsinnig.

Darüber hinaus, und das verstärkte das Missbehagen des Franz von Seedorf ob dieses Fundes, pflegten seine Angehörigen alles Geld, dessen sie zur Zeit nicht bedurften, in die Unternehmungen der Familie zu investieren. So konnten die von Seedorf selbst fast alle ihrer Schiffe ausrüsten, ohne die Kasse der Hohen Runde zu beleihen, und folglich auch die Gewinne aus den Fahrten selbst verwenden. Auch hatten die von Seedorf in Eichenburg zwei, in Seedorf gar drei Herbergen im Betrieb, und auch gewissen Anteil an mehreren Manufakturen.

Johannes von Waldhof, der obschon nur als Schreiber mitgekommen, während der Prozedur seine Augen gleich flink und unauffällig durch die Räume wandern ließ, nutzte seinerseits das Erschrecken seines Freundes dazu, ein gewisses Büchlein, das er in der Falte des gepolsterten Stuhles gefunden, auf dem er Platz genommen hatte, in seine Tasche zu transportieren, um sogleich seinen Freund und Studienkollegen ins Gebet zu nehmen:

Zunächst beruhigte er Franz darüber, dass auch eine solch große Summe baren Geldes - wobei er verschwieg, dass sich schon in der Börse des Toten 87 Tagelöhne gefunden hatten - in keiner Weise auf eine Unehrenhaftigkeit hinweisen müssten, dass er aber trotzdem diesen Fund nicht veröffentlicht wissen wolle, und ihn daher nicht protokollieren werde.

Bei sich dachte er aber, dass diese Entdeckung in höchsten Maß geeignet wäre, sich darüber in den Schänken das Maul zu zerreißen, was schließlich seine Untersuchung behindern musste. Was konnten da für Ideen keimen und was der erste noch als Hypothese aufstellte, würde der dritte Widererzähler bereits als Gewissheit weitertragen ... Also einigten sich Franz und Johannes, bis zum Weiteren auf jede Erwähnung des Fundes zu verzichten. Das Geld aber wollten sie, um keinesfalls Aufsehen zu erregen oder dem Verdacht der Untreue sich auszusetzen, der Hohen Frau zu sicherer Verwahrung übergeben.

Wenn sich, wie Franz von Seedorf erhoffte, eine natürliche Erklärung für die immense Summe finden sollte, würde Marianne von Seedorf es sicher übernehmen, das Geld den richtigen Erben nebst einer Erklärung über das Vorgehen des Detektivs zuzustellen, anderenfalls, und wenn kein anderer Anspruch bestünde, es dem Armenfundus zu übergeben. Dessen Verwalter würden sich gewiss verwundern, andererseits angesichts der Höhe der Summe ihre Neugier alsbald von der Dankbarkeit verdrängen lassen.

Es gab noch weitere beunruhigende Berichte: zunächst das Ergebnis der Untersuchung des Leichnams, die in der medizinischen Abteilung der Universität unter sorgfältigster Beobachtung durch den Kanzler persönlich vorgenommen worden war. Ohne jeden Zweifel hieß es in dem Schriftstück, der Hartmuth von Seedorf könne keinesfalls zu der Zeit und an dem Ort ums Leben gebracht sein worden, wo man ihn fand.

Denn erstens war er, nach dem Zustand des Körpers zu schließen, zum Zeitpunkt des Auffindens bereits mehr als vier Stunden tot, zweitens war er, entgegen des ersten Anscheins nicht erschlagen, sondern zuerst mit einer zumindest doppelt handbreitlangen und sehr schmalen Klinge erstochen worden, während seine Kopfverletzungen, die den falschen Anschein verursacht hatten, ihm erst später, und zwar bedeutend später, zugefügt worden waren.

Art und Beschaffenheit der Tatwaffe wurde genauestens beschrieben, wie auch der Weg, den die Klinge durch den Körper des Ermordeten genommen hatte, um schließlich sein Herz zu durchlöchern; beides ließ den Schluss zu, dass es sich nicht etwa um ein zufällig mitgeführtes Messer, nicht um eine unkundige Hand, und somit nicht um eine unglückliche, aber unbeabsichtigte Folge einer Streitigkeit handelte.

In der Stadt und im ganzen Land verbreitete sich die Nachricht, dass ein regelrechter Mord den Hartmuth von Seedorf das Leben gekostet habe, wenn auch ohne diese Einzelheiten. Nicht nur in den Schenken der Stadt wurde darüber verhandelt, sondern noch in den Stuben der entlegensten Höfe: die Fernschreiber, mit denen die einzelnen Orte, Weiler und Höfe verbunden waren, wurden ungewöhnlich oft benutzt, so dass es vorkam, dass die abendlichen Berichte von den Waldhöfen, die Sicherheit der Grenzen betreffend, erst am Morgen eintrafen.

Die Leute waren, wie leicht zu vermuten ist, erschreckt, denn ein solches Verbrechen ist im Eichenburger Land selten, ja geradezu unbekannt. Natürlich geschah es hin und wieder, dass ein Bürger, vielleicht im Streit, vielleicht in Trunkenheit, unglücklich stürzte, ein Faustschlag unerwartet kräftig war, oder bei einer der wilderen Übungen, etwa beim Ballspiel, ein Tritt oder Schlag, der dem Leder gegolten hatte, einen Kopf zerbrach. Endlich sogar ein wilder Ausbruch aus Eifersuchtswahn konnte wohl dazu führen, dass ein Mensch den anderen ums Leben brachte - aber ein absichtlicher Mord - das blieb undenkbar.

Verschiedentlich wurde auch die Vermutung geäußert, ein Fremder, ein Seemann vielleicht von einem auswärtigen Handelsschiff, könne der Täter sein, und öfter noch vermutete man einen der Elfen als solchen.

Immerhin war diese Idee nicht völlig ohne Sinn, denn in manchen Ländern war auch ein Unfall, wenn er eines Menschen Tod verursachte, mit höchsten Strafen bedroht, und also könnte wohl ein Seemann, der die Eichenburger Justiz nicht kannte, wohl auch einen Unfall zu vertuschen suchen, und von den Elfen, die wild und ungebunden herumzogen, ohne woher und wohin zu kennen, war vieles denkbar.

Aber zur Tatzeit lag kein Handelsschiff im Seedorfer Hafen außer den eigenen, und kein Elfenzug war im Lande unterwegs. Doch unabhängig davon, ob nun Elfen im Lande gewesen waren oder nicht, konnte Johannes nicht glauben, dass einer der Ihren als Täter in Frage kam. Er kannte die Elfen seit seiner Jugend.

Wie die meisten Kinder in den Waldhöfen hatte der Detektiv jede Gelegenheit ausgiebig genutzt, um sich in den Zeltlagern herumzutreiben, wann immer ein Elfenzug in der Nähe war, mit ihren Kindern zu spielen und an ihren Mahlzeiten teilzunehmen.

Für Johannes und seine Altersgenossen im Nördlichen Waldhof ergab sich diese Gelegenheit häufiger als für andere. In seiner Kindheit waren die Landstraßen noch nicht bis zum Nördlichen Waldhof vorgedrungen, so dass er im 'Außenland' aufgewachsen war, und 'Außen' traf man die Elfenzüge weitaus häufiger an als im Landesinneren.

Der Nördliche Waldhof war erst 612 gegründet worden, als einer der Letzten während der großen Expansion, und Johannes Großvater hatte oftmals aus dieser Zeit berichtet. Für den jungen Johannes klangen diese Berichte oft so, als hätten seine Groß- und Urgroßeltern den größten Teil ihres Lebens in Gesellschaft von Elfen verbracht, und nicht im Eichenburger Land.

Die Strapazen einer Reise zur Stadt vor dem Bau der Landstraßen pflegte sein Großvater stets als geradezu mörderisch darzustellen, und die Vergnüglichkeiten bei Festen mit den Elfen ebenfalls.

Jedenfalls schienen nach den Erzählungen ständig mindestens zwei Elfenzüge in der Nähe des Hofes sich aufgehalten zu haben, wovon meist einer den anderen bekriegte, und stets schienen diese Auseinandersetzungen durch die Vermittlung der Waldhöfler beigelegt worden zu sein, was geradezu andauernde Versöhnungsfestivitäten erforderlich machte.

Tatsächlich, so hatte Johannes später herausgefunden, waren etliche der verschiedenen Elfenzüge wenig angetan davon, dass das Eichenburger Land sich weiter ausdehnte, und tatsächlich hatten sich einige darauf verlegt, mit Gewalt diese Expansion verhindern zu wollen. Die Mehrheit der Elfen allerdings sah in der Entwicklung durchaus Vorteile, auf die sie nicht zu verzichten gedachten, und aus diesem Interessenkonflikt entstanden diverse Auseinandersetzungen.

Die Gründer des Nördlichen Waldhofes stammten vorwiegend von den Höfen an der Alten Nordgrenze des Eichenburger Landes, etliche aber auch aus den Südwestlichen Landesteilen, aber allesamt aus dem Clan derer von Waldhof - und als solche wussten sie um die erwartungsgemäßen Anfangsprobleme jeder Expansion:

Man verhandelte mit jedem, der einen Einwand vorzubringen hatte, erzielte eine Einigung, zahlte den Preis für diese, sicherte Rechte zu und unterschrieb ein Dokument. Dann errichtete man den Hof, Gebäude, Ställe, Lagerhäuser und Gasanlage, legte Wege an und Weiden und wenn alles richtig in Gang gekommen war, dann fand sich jemand, der Anspruch auf das Land erhob und "die Eindringlinge hinauswerfen" wollte.

Meist handelte es sich dabei um den Anführer eines Elfenzuges, der bei den Verhandlungen nicht berücksichtigt worden war, und zwar einfach deshalb, weil der betreffende Zug noch nie in dieser Gegend sich aufgehalten hatte, und den anderen Elfen auch völlig unbekannt war.

Regelmäßig kam es dann zu Auseinandersetzungen zwischen Verschiedenen Elfenzügen, die gelegentlich auch ein Eingreifen der Waldhöfler erforderten, aber nur ein einziges Mal, während der ersten Expansion, war es geschehen, dass ein aufrührerischer Elfenzug einen neuen Waldhof direkt angegriffen hatte. Für diesen Fall sahen die Verträge mit den Elfen vor, dass die Waldhöfler sich mit ihren besten Kräften gegen die Angreifer verteidigen sollten, bis die Vertragspartner ihnen zur Hilfe eilen würden.

Tatsächlich erschienen schon wenige Stunden nach dem Überfall zwei Elfenzüge unter Waffen, doch die einzige Hilfe, die sie noch gewähren konnten, bestand darin, beim Räumen des Schlachtfeldes zur Hand zu gehen.

Als Dank für die schnelle Hilfe überließ Mattias von Waldhof, der die Verteidigung geleitet hatte, den verbündeten Elfen die gesamte Habe des geschlagenen Zuges, mit dem Hinweis, dass die Eichenburger Bürger nur für Ihr Recht, niemals aber um Beute kämpfen.

Derartige Missliebigkeiten gab es während der letzten Expansion nicht, oder wenigstens nicht in einem solchen Ausmaß, und in Johannes´ Kindheit war der Umgang mit den Elfen entspannt und von gegenseitiger Achtung geprägt.

Für die Waldhöfler waren die Elfen nicht Fremde, sondern gern gesehene Gäste, die Abwechslung in die arbeitsreichen Sommer brachten und mit denen man gut handeln konnte.

Johannes hatte sich mehr als seine Altersgenossen mit einigen gleichaltrigen Elfenkindern angefreundet, und war häufiger in deren Lagern zu finden gewesen, was seinen Vater gar nicht und seine Mutter nur wenig störte - immerhin wusste der Junge mehr vom Umgang mit Tieren, von der Jagd und dem richtigen Verhalten im Wald als die meisten anderen, und einen Großteil davon hatte er im Elfenlager, nicht im Waldhof gelernt.

"Was will man sagen", pflegte sein Vater gegen die gelegentlichen Bedenken der Mutter zu argumentieren, "wir Außenländler wissen, dass die Elfen gute Nachtbarschaft halten und ehrlicher sind als mancher Geck im Lande, und außerdem: Zwei seiner Tanten und ein Onkel sind elfisch, und mindestens vier von diesem Zug sind uns verwandt. Sie achten die Gesetze, sobald sie Eichenburger Land betreten, was will man mehr?"

Und Johannes lernte derweil, wie man ein Huhn aus einem Gehege entfernte, ohne Spuren zu hinterlassen. Schließlich wurde die Landstraße bis zum Nördlichen Waldhof gebaut, und die Besuche der Elfen wurden weniger, wenn sie auch nie ganz ausblieben. Schließlich begann Johannes sein Erststudium in der Stadt Eichenburg, und die Kontakte mit den Elfen wurden selten.

Das Büchlein, das Johannes bei der Visite der Gemächer des Hartmuth von Seedorf gefunden und mitgenommen hatte, enthielt wenig Verständliches: nur einige Namen, einige Termine, etliche Zahlen, die vielleicht von Interesse hätten sein können, aber da eine Zahl ohne Bezeichnung keinerlei Auskunft gibt, so nutzte es nicht viel.

Darüber hinaus machte der alte Konrad Johannes von Waldhof auf einen weiteren Punkt aufmerksam, als er zu der ersten Privatunterweisung, wie der Kanzler diese Treffen zu nennen beliebte, erschien. "Mein lieber Junge, du musst noch Folgendes bedenken: Kein Ding, und sei es das Geringste, hat eine Wirkung nur allein! Gewiss", fuhr er in einfacherem Ton fort, nachdem er den Lehrsatz, wie es seine Art war, in der Manier eines klassischen Zitates vorgetragen hatte:

"Gewiss, die augenscheinliche Folge eines Mordes ist es, dass das Opfer ums Leben kommt. Das aber lenkt von der anderen, notwendigerweise eintretenden Folge ab, so dass diese sich dem Blick des wenig Gebildeten völlig entzieht."

"Die wäre?", fragte Johannes, dem diese Worte rätselhaft erschienen.

"Nun, Lieber Junge! Denke nach, ich meine die Wirkung auf den Täter: in einem Augenblick noch ein Unschuldiger, vielleicht sogar ein angesehener Mann, vielleicht auch eine achtbare Frau, und im nächsten ein Mörder! Ein Verbrecher und Verfolgter! Das kann nicht ohne Folgen sein.

Sieh einmal an, wie sehr ein jedes Tun, wenn es zum ersten Mal geschieht, den Menschen ändert, und wie gründlich. Der Weg vom 'Noch nie' zum 'Bereits' erlaubt keine Umkehr, und was ein erstes Mal mit Anstrengung geschah, wiederholt sich leichter. Die erste Zigarre, die erste Liebschaft, das erste Glas Brand: unweigerlich zieht alles ein weiteres desgleichen nach sich." Bei diesen Worten blickte er befehlend auf sein leeres Glas, und Johannes füllte es gehorsam nach.

"Du musst es beachten, mein Junge: irgendwo im Eichenburger Lande sitzt ein Mensch, den eine unerhörte Tat von allen andern trennt, ein Mensch, der schuldig ist und weiß, dass Sühne - und somit Entschuldung - ihm verwehrt. Er weiß, seitdem dein neues Amt veröffentlicht, dass nicht allein die Wachen ihn zu suchen trachten, und nicht allein ihn; dass auch die Gründe seiner Tat ein Gegenstand der Untersuchung sind.

Wenn diese Gründe nun so kräftig sind, einen Menschen zu einem solchen Verbrechen zu bestimmen, so können sie eben dies ein zweites, drittes Mal bewirken, besonders wenn Entdeckung droht! Sei auf der Hut!"

Die Untersuchung des Mordfalles war bei weitem nicht Johannes´ einzige Sorge, und auch wenn er dem alten Konrad insofern folgte, dass er keinen Moment die Existenz eines unberechenbaren Verbrechers vergaß, so ließ ihm seine sonstige Verpflichtung, als Sommerrichter und, von Amts wegen, Mitglied der Hohen Runde, doch wenig Gelegenheit, sich auf diesen Gegenstand zu konzentrieren.

Der Richter hatte sich mit vielerlei zu befassen: Beschwerden, dass der eine oder andere Hof, der seinen Zins zum Teil dadurch bezahlte, die Straßen in seinem Gebiet in Stand zu halten, dieser Aufgabe wenig gerecht wurde, Eingaben von Hofherrinnen, dass eben diese Straßen über Gebühr in Anspruch genommen, und daher das Entgelt zu erhöhen wäre, eine Anzeige, dass ein bestimmter Bäcker seine Brote zu leicht forme, eine Vormundschaftssache, ein angezeigter Diebstahl eines Fahrrades, bei dem sich nachher herausstellte, dass es nicht gestohlen, sondern im trunkenen Zustand bei einer Schenke vergessen war, und tausenderlei mehr.

Die Hohe Runde wiederum brachte endlich die Verlängerung der Landstraßen nach Süden wie nach Westen in Gang, was, wie immer bei dergleichen, obschon allgemein begrüßt, doch zahlreiche Einwendungen mit sich brachte.

Weiterhin ersuchte die Familie von Bergen um Erlaubnis, eine weitere Herberge in Eichenburg errichten und beim Bau derselben von den allgemeinen Vorschriften des Wohngebietes insofern abweichen zu dürfen, dass sie vier statt der üblichen drei Stockwerke herzustellen gedachten, ein Antrag, der in dieser Form stets eingereicht und nie genehmigt wurde, was aber die genaueste Untersuchung nicht verhinderte[1].

Die anderen Hohen Damen und Herren hatten solche Prozeduren schon des Öfteren erlebt, und waren daher wohl vorbereitet, aber Johannes, dem das Vorgehen zwar in der Theorie bekannt, doch in der Umsetzung neu war, machte schon in der ersten Sitzung zwei peinliche Fehler: Zum einen war er nicht genügend mit Mundvorrat versehen, zum zweiten hörte er den Reden aufmerksam zu, anstatt seinen eigenen Beitrag vorzubereiten. Daher begann er seine Äußerung auch mit den Worten: "Wie die meisten meiner geschätzten Vorredner bereits bemerkt haben ...", was zu einem allgemeinen Verwundern führte, das sich in Gelächter entlud.

Als Kommandant der Wächter und Jäger schließlich musste Johannes vielfältigen Dingen seine Aufmerksamkeit schenken, von Dienstplänen angefangen über Krankmeldungen, zu Berichten, die meist mit den Worten begannen: "Es war eine ereignislose Nacht in diesem Teil der Stadt", sich dann aber oft in den Einzelheiten der Ereignislosigkeit verliefen.

---

[1] Das ist eine Art Naturgesetz: wenn einer Gruppe von Politikern ein Ansinnen unterbreitet wird, das **alle** ablehnen (oder befürworten) streiten sie über die Begründung. Man könnte ganz gut ohne Opposition auskommen, solange es Parteifreunde gibt.

Darüber hinaus musste er den Zustand der Fahrzeuge der Wache - 112 Fahrräder und zwei Transporter - kontrollieren, Reparaturen veranlassen, den 43 Studenten, die zur Zeit auf das Wächteramt vorbereitet wurden, Betreuung und Übung bieten und über all dies der Hohen Runde auch Bericht erstatten.

Diese Arbeiten wären kaum zu bewältigen gewesen ohne den Hauptmann Friedhelm, der alles aufs Beste zu organisieren verstand, auch weil er, wie er Johannes gelegentlich mitteilte, von diesen Aufgaben, mit Ausnahme des Berichtes, den alten Amtsinhaber vollständig entlastet hatte.

Doch widersprach es Johannes' Wesen, einem anderen zu übertragen, was sein Geschäft sein sollte und wofür er Lohn erhielt - abgesehen davon, dass mit seiner Unterschrift auf einem Dokument er auch für die Richtigkeit einstand, und er demzufolge sich von dieser zu überzeugen suchte.

Wenigstens war das Amt des Detektivs, außer den vereinbarten Treffen mit Konrad von Waldhof nicht mit weiteren Terminen belastet. Die Hohe Frau hatte erbeten, sie von Zeit zu Zeit über den Stand der Dinge zu unterrichten, aber hinzugefügt: "Erst dann, wenn etwas meiner Kenntnis bedarf, bis dahin, Johannes von Waldhof, verlasse ich mich, wie auch die Familie von Seedorf und die Hohe Runde, vollkommen auf deine Rechtschaffenheit."

Johannes' Freude über diesen Vertrauensbeweis ging einher mit der Erleichterung darüber, wenigstens in dieser Beziehung keine Zeit mit unnötigen Worten vertun zu müssen, denn Zeit war ihm eine Mangelware geworden. Schon begannen sich einige Bekannte zu beklagen, dass er den gewohnten Runden in den Schänken sich mehr und mehr entzog, obwohl er doch in der Stadt verweilte, und versuchte er diesen Ansprüche wenigstens ein wenig gerecht zu werden, so klagte gleich Margarathea, und schloss er diese Lücke, dann meist auf Kosten seiner Morgenübung, und so fort.

Dass darüber die Untersuchungen des Mordes überhaupt noch Zeit fanden, geschah nur dadurch, dass er Wächter und Jäger mit immer neuen Aufträgen betrauen konnte, und diese ihre Aufgaben immer besser erfüllten. Im Lauf von Wochen wurde so das Leben des Verstorbenen aufs Genaueste durchschaut.

So wusste Johannes von beinahe jedem Augenblick der letzten zehn Tage im Leben des Hartmuth von Seedorf, wo dieser sich befunden, mit wem er, und zumeist auch worüber er sich besprochen, was und wo er gegessen und getrunken hatte, und alles brachte ihn nicht weiter bei der Aufklärung.

Die Akten des Gerichts, in denen Johannes nach möglichen Ursachen eines Grolls gegen den ermordeten Sommerrichter zu suchen begann, bildeten wahre Gebirge aus Papier, denn jede Tagung wurde sorgfältig protokolliert. Da dieser Brauch schon bei der allerersten Sitzung eines Gerichtes in Eichenburg begonnen hatte, und keins der Dokumente je vernichtet wurde, war diese Aufgabe gewaltig.

Und wurde noch erschwert, weil die Ordnung nicht nach den Richtern oder wenigstens nach der Zeit der Verhandlung sich richtete, sondern nach der Art der Klage. Das war bislang immer als Vorteil erachtet worden, denn es ermöglichte nicht nur das rasche Auffinden eines Präzedenzurteils, sondern auch die verschiedenen vorhandenen Interpretationen, aber nun beschwerte es die Untersuchung wesentlich.

Schließlich war der Detektiv gezwungen, die Befugnisse seines Amtes dazu zu verwenden, erst einen, dann zwei Helfer anzustellen, die, jeder mit drei Vierteln eines Tagelohnes am Tag bezahlt, durchaus bedeutende Kosten verursachten. Zum Glück blieb es Johannes erspart, hierfür geeignete Personen finden und ausbilden zu müssen, denn diese Last nahm ihm der alte Konrad ab: er fand unter seinen Studenten zwei, die sich dem Studiengang zum Wächter unterzogen und die ihm geeignet erschienen.

Zufälligerweise waren gerade diese Beiden zurzeit in einer Klemme. Es fehlte Geld, um einer auferlegten Strafe nachzukommen, und beider Väter hielten ihre Beutel fest verschlossen. Beinahe unnötig zu erwähnen scheint es, vom Grund für die Strafe zu berichten: Der junge Herr Karl von Waldhof nebst dem jungen Herrn Ferdinand von Seedorf, hatten gemeinsam, einer natürlichen Veranlagung folgend, das Vermögen des Armenfundus und der Zahnärzte weiter vermehrt.

Die beiden jungen Leute stürzten sich mit Feuereifer auf ihre Aufgabe, und schon nach kurzer Zeit fand Johannes sie unentbehrlich, woraufhin er in der Hohen Runde durchzusetzen wusste, dass beider Anstellung zu offiziellem Amt erhoben wurde. Karl und Ferdinand, die so zum Rang eines Junior-Detektiv-Studenten fanden, freuten sich über die Ernennung nicht weniger als über den Umstand, dass die bedeutenden Ausrüstungskosten von beider Familien übernommen wurden.

Dass nicht nur ein neues Amt, sondern gar ein neuer Zweig der Justiz geschaffen war aufgrund des einen, wenngleich unerklärlichen und schockierenden Verbrechens, sorgte im Eichenburger Land für einige Aufregung. Jedoch legte sich diese, im ersten Moment an Empörung grenzende Reaktion alsbald, spätestens, nachdem der mit der Aufgabe Betraute näher in Augenschein genommen war.

Die vier Detektive - denn Franz von Seedorf, der die Arbeit seines Freundes Johannes, seines Neffen Ferdinand und dessen Freundes Karl beständig nach Kräften unterstützte, ohne ein Amt oder Entgelt anzustreben, erhielt von der hohen Frau selbst den Titel und die Privilegien eines 'Privaten Detektivs', was bedeutete, dass er über alle Rechte des neuen Amtes, mit Ausnahme der finanziellen, verfügte - waren bekannt als Leute von untadeliger Haltung und Ehrbarkeit.

Allerdings war es zur Beruhigung des Publikums durchaus nötig, zu bestimmen, dass ein regelmäßiger Bericht der Tätigkeiten der Detektive zu veröffentlichen sei, dass jedermann sich überzeugen konnte, nicht Gegenstand ehrenrühriger Ermittlungen oder Ausspähungen zu sein - denn die Möglichkeit, unter Verdacht zu stehen, und nicht eine etwaige Verfehlung selbst zur Entschuldung dem Richter vorstellen zu können, war den Eichenburgern höchst zuwider.

Die von Seedorf missbilligten die Ernennung Franz′ nicht, sondern statteten ihn aus der Familienkasse großzügig aus, so dass er das Angebot der anderen drei, ihn zu entschädigen nur dankend anerkennen, aber nicht in Anspruch nehmen musste.

Franz′ privater Status bot einen bedeutenden Vorteil: bei jedem Vorgehen, das eventuell nötig war und bedingte, der Öffentlichkeit nicht - oder wenigstens nicht sogleich - bekannt zu werden, genoss er die Freiheit, eben aus privatem Grund zu tun, was ihm beliebte - und daher von der Pflicht zur Berichterstattung ausgenommen zu sein.

Nicht, dass die Ermittlungen zum Zwecke der Berichterstattung den Detektiven allzu sehr den Kopf zerbrochen hätte: Ferdinand und Karl, als Beispiel, die den Auftrag hatten, beständig nach Sagen und Gerüchten zu horchen, erledigten dies vorbildlich - ohne Spesen zu machen hörten sie sich doch beinahe allnächtlich in den Schenken und Gasthäusern um.

Dass ihnen auf Strengste Unauffälligkeit anbefohlen war, behinderte die Beiden nicht im mindesten. Das unauffälligste Verhalten ist stets das bekannte, und dem bekannten Verhalten von Studenten widersprach es keineswegs, an Orten, an denen Getränke ausgeschenkt wurden, sich aufzuhalten, anderen vorlaut übers Maul zu fahren - und so zumeist zum Widerreden anzustacheln - gelegentlich zu trinken, was ein anderer bestellt, wodurch sich sofort ein Gespräch ergab, kurz, alles zu unternehmen, was geeignet war, die Leute zum Reden zu bringen.

Karl von Waldhof genoss dabei den ererbten Vorteil der Trinkfestigkeit, was im Verein mit seiner mehr als kräftigen Statur, dem ständig leicht gerötetem Gesicht und einer starken Neigung zur Transpiration alsbald ein Bild ergab, das wenig schmeichelhaft, doch umso nützlicher war.

Ferdinand seinerseits, ein dem Anschein nach eher zartes Naturell, entdeckte bald an sich erstaunliche Talente: es fiel ihm gar nicht schwer, als stockbetrunken zu erscheinen, noch mehr, als angstgeschüttelt und auch unbedarft - im ganzen also dem Bild zu entsprechen, ein grüner Junge noch zu sein, der vorerst nur aufgrund der Stellung der Familie ein Amt bekleiden durfte[1].

Dies Ansehen schadete beiden wenig - denn immerhin beachteten sie Form und Sitte, zumindest in dem Maß, wie es von jungen Herren aus ihren Familien zu erwarten war.

Was alles im Laufe der Zeit von den Detektiven erkannt wurde, ob nun im direkten Zusammenhang mit dem Mordfall oder abseits davon, wurde getreulich dem Publikum zur Kenntnis gebracht, vermittels eines wöchentlichen Berichtes, der allen Fernschreibern zugestellt wurde.

Es muss nicht eigens Erwähnung finden, das Johannes von Waldhof und Franz von Seedorf diese Berichte, die zumeist von den Junioren verfasst waren, zuerst auf das sorgfältigste prüften,

---

[1] Die meiste Kritik an jungen Leuten basiert auf der Erinnerungsschwäche der Älteren.

um Beschwerden oder gar Klagen zu meiden, aber schon nach kurzer Zeit fanden sie, beiden jungen Leuten darin volles Vertrauen schenken zu können.

So wurde ein Bericht verbreitet, dass in der Herberge derer von Waldhof, die zum Zweck der Erkundigung einer eventuellen Kundschaft des Opfers in diesem Hause besucht worden war, entdeckt ward, dass die Beleuchtung der Flure, entgegen der Bestimmung nicht mit eigner Rechnung, sondern über Rechnung der Herbergsgäste betrieben wurde, und dadurch ein Schaden von zwei Stunden pro Jahr, aufgeteilt durch die einhundertachtzig Gäste, die das Haus im Mittel beherbergte, zu deren Lasten entstand.

Weiter gelangte ein Bericht zur Kenntnis, dass die Wache, entgegen den Bestimmungen, des Öfteren die Runde durch die Manufakturen nicht zu Fuß oder mit dem Fahrrad erledigte. Stattdessen wurde hier zu unregelmäßigen Zeiten einer der großen Wagen benutzt, die für den Transport von Personen, die dem Bier zu sehr zugesprochen hatten, vorgesehen waren. Die Wächter begründeten diese Zweckentfremdet damit, dass sie mittels des Fahrzeuges im Stande waren, beim Rückweg das für die Wachstellen benötigte Bier direkt vom Brauhaus mitzunehmen, was eine Ersparnis von jeweils einem Stundenlohn pro Fass bewirkte.

Der Fall war, da Angelegenheit der Wache, ernster. Die Hohe Runde, die Johannes konsultieren musste, folgte ihm in seinem Vorschlag, die Regelwidrigkeit ungesühnt zu lassen, und auch in Zukunft dieses Vorgehen zu gestatten, da es einer Ersparnis diene, aber mit der Auflage zu versehen, dass die Wache fortan zumindest einmal je Woche einen Bericht über die Qualität des Bieres abzugeben hätte. Die betroffene Brauerei meldete daraufhin einen steigenden Kundenzulauf, was bedeutete, dass die offizielle Qualitätskontrolle positive Wirkung zeigte.

Die Recherche in den Akten des Gerichtes förderte zutage, dass regelmäßig, wenn zur Vollmondzeit ein Streit entstand, der Ruf und Ehre einer Dame zu Gegenstand nahm, die Kosten für das Richten der Gebisse um fast ein Viertel höher lagen, als wenn der Fall am Neumond wäre. Daraus erarbeiteten die Junioren den allgemeinen Rat, derlei Skandale lieber in den dunklen, denn in den hellen Nächten auszutragen.

Ein weiterer Fall bezüglich der Wache war der, dass ein junger Wächter, derselbe, der den toten Sommerrichter gefunden hatte, bei der Abrechnung seiner Kosten im letzten Jahr drei und einen halben Stundenlohn zu viel veranschlagt hatte, was aber nicht einer unehrenhaften Haltung als vielmehr seiner Rechenschwäche geschuldet war. Auch hier wurde von einer Sühneleistung abgesehen, mit der Auflage, die drei und eine halbe Stunde zur Verbesserung der Rechenfertigkeit zu nutzen.

Darüber hinaus wurde den anderen Wächtern für jenes Jahr erst eben der Betrag zugesprochen, damit keine Ungerechtigkeit entstünde, sogleich aber dieselbe Summe als Strafe dafür, einen Kollegen in einer Schwäche, die bekannt war, nicht unterstützt zu haben, wieder abgezogen. Da Strafgeld der Wächter in einen Fundus floss, aus dem bereits die vorherige Regelwidrigkeit sich finanziert hatte, so waren sie´s zufrieden.

Auch zahlreiche Eingaben an die Detektive wurden in den Berichten treu vermerkt. Dem Wesen Eichenburger Bürgersinns entsprechend, meldeten zumeist Leute Verdacht gegen sich selber an: so ein Herr von Seedorf, seines Zeichens Theaterschreiber wie auch Regisseur. Dieser machte die Ermittler aufmerksam, dass er ein Gesetz zu übertreten kaum noch zu vermeiden wüsste, und bat um Rat.

Er beabsichtigte, in dem Stück, das die Hohe Runde schon bei ihm bestellt, als Nebenrolle zwei der Detektive aufzustellen - ein Lustspiel war geplant - und kollidiere dabei mit dem Gesetz, das wiedererkennbare Darstellung von Personen verbot. Johannes legte sich ins Mittel, und wie in dem Bericht zu lesen war, fand er nach langwieriger Ermittlung heraus, wie diesem Umstand abzuhelfen war.

Das genannte Gesetz war ja erlassen worden, um eventuelle Streitigkeiten zu vermeiden. Also, so konnte Johannes beweisen, brauchte es keine Anwendung zu finden, wenn die Streitigkeit durch das Einverständnis der Dargestellten genauso gut verhindert war. Daher verfügte er in seiner Eigenschaft als Sommerrichter, nachdem er das Manuskript gelesen hatte, eine Ausnahmegenehmigung, mit der Auflage, dass die Betroffenen zur Generalprobe eingeladen würden, ohne dafür zahlen zu müssen.

Noch in derselben Woche beschloss die Hohe Runde, das Gesetz über die Darstellung von richtigen Personen in diesem Sinne zu erweitern, so dass auch andere Autoren hiervon profitieren könnten.[1]

So gewöhnte man sich im Eichenburger Land an die regelmäßigen Verlautbarungen aus dem Detektivbüro und verfolgte diese mit einigem Interesse, aber ohne allzu viel an Ernst darein zu legen. Johannes von Waldhof freute sich über diese Entwicklung, denn wenn es auch sein neues Amt mehr der Unterhaltung zuzählte, als seinem ernsten Grund Rechnung zu tragen, so war doch die Gefahr von öffentlichen Missliebigkeiten dadurch weitgehend gebannt.

Franz und Karl fanden auch zunehmend Gefallen an der Rolle der 'Komischen Ermittler' die das neue Theaterstück des Herrn von Seedorf ihnen zudachte, und gaben sich jede Mühe, um die geplante Persiflage im Vorhinein zur Dokumentation geraten zu lassen. Das Eichenburger Land gewöhnte sich an die Existenz des Detektivbüros, ohne sich zu beunruhigen, und wenn auch der Mord an Hartmuth von Seedorf keineswegs in Vergessenheit geriet, so gab es wenigstens keine unliebsamen Weiterungen.

Bis zum Morgen des 14. Juli, im Jahre 692 nach der Begründung der Stadt Eichenburg.

Am vorherigen Tag war den Detektiven unter dem Siegel strengster Verschwiegenheit der Auftrag zugeteilt worden, eine Unregelmäßigkeit in der Abrechnung des Armenfundus aufzuklären: die Fundusverwalter hatten bei der Turnusmäßigen Prüfung der Bücher und Kassen einen Fehler in bedeutender Höhe gefunden, genau den Betrag von 685 Tagelohnen. Nachdem mehrere Nachrechnungen zwar ebenfalls mehrere Ergebnisse erbrachten[2] - mal einen Fehlbetrag von 683, mal von 688 Taglohn - baten die Verwalter das Detektivbüro, Aufklärung zu schaffen.

Johannes und Franz waren gleichermaßen erstaunt und nicht wenig ungläubig ob dieses Auftrages, entsprach doch die fehlende Summe exakt - mehr oder weniger exakt, aber unter Berücksichtigung

---

[1] Der Chronist legt Wert auf die Feststellung, dass alle Personen, die von dieser Veröffentlichung betroffen sind, indem sie darin dargestellt werden, vor der Drucklegung davon Kenntnis erhalten und keine Beschwerde geäußert haben.

[2] Rechenschwäche kann auch Hohe Damen und Herren betreffen.

der Rechenkünste in der Fundusverwaltung unabweisbar - dem Inhalt des rätselhaften Beutels im Zimmer des Ermordeten, zuzüglich des Inhaltes seiner Börse. Hartmut von Seedorf war seit mehr als zehn Jahren Fundusverwalter - sollte er tatsächlich eine Untreue begangen haben?

"Aber selbst wenn! Was sagt das über den Mord? Warum sollte einer, der eine Untreue entdeckt, den ermorden, der diese begangen? Vielmehr zu glauben wäre doch, dass der, der stiehlt zur Waffe greift, um der Entehrung zu entgehen", meinte Johannes nach einigen Minuten beklommenen Schweigens.

"Es kann dies nicht zutreffen, Johannes. Wozu sollte denn der Hartmuth von Seedorf einen Betrag durch Untreue sich beschaffen, den er mit Leichtigkeit von der Familienkasse hätte erhalten können? Immerhin hat er ein Vielfaches davon im Laufe seiner Tätigkeit dort eingezahlt und vielleicht ein Tausendfaches ist aus der Anlage gewonnen - also: warum?"

"Es stimmt, Freund Franz, es stimmt genau - selbst ich könnte die Kasse derer von Waldhof mit tausend - selbst zweitausend Tagelohn belasten, und gewiss ist die eure besser noch gespickt - es scheint mir hier kein vernünftiger Zusammenhang vorhanden. Behandeln wir die Fälle also getrennt. Und doch - genau die Summe - wir werden dieses nicht berichten können, ohne dass es ein Geschrei gäbe, das den Ruf des Toten schwer beschädigt … und unsere Ermittlung hindert."

"Wir sollten mit der Marianne reden, vielleicht weiß diese einen Rat - der Hohen Frau müssen wir ohnehin davon berichten."

"Das ist es, Franz! Ich muss am frühen Abend in der Burg an einer Sitzung teilnehmen, es fällt dir also zu, der Hohen Frau - deine Cousine, nicht wahr? - zu berichten. Und dabei, als Verwandter, unsere Bedenken gegen die Veröffentlichung vorzutragen."

Aber am Morgen zeigten im ganzen Eichenburger Land die Fernschreiber dem Publikum den sonderbaren Umstand an, und dieselbe Depesche zieh die Detektive der unzulässigen Zurückhaltung von Ermittlungsergebnissen.

Die Meldung und vor allem der Anwurf gegen die Rechtschaffenheit der Detektive erreichte nicht die zuerst befürchtete

Resonanz im Eichenburger Land, denn erstens reagierte Johannes von Waldhof unmittelbar mit der Fest- und Richtigstellung, dass nicht ein beamteter Detektiv die fragliche Börse entdeckt hatte, und darüber hinaus dieses vor der Auflage der Berichterstattung geschehen, also davon nicht betroffen war, und zweitens war der Hinweis anonym ergangen - und die Eichenburger glaubten wenig an Behauptungen, die ohne Nennung des Urhebers kursierten[1].

Im Verlauf des Vormittages gab es aus allen Landesteilen vielerlei Eingaben und Beschwerden, so dass noch für den selben Abend eine Zusammenkunft der Hohen Runde anberaumt wurde, bei der Johannes Bericht erstatten und wenn möglich Aufklärung geben sollte. Besonders interessierte die Hohen Damen und Herren, ob eventuell einer der Detektive als Urheber der Indiskretion in Frage käme, und wie solche Missliebigkeiten verhindert werden könnten.

Die Detektive entwickelten rasch eine Strategie für die Sitzung, in der Hoffnung, mögliche Folgen abwenden zu können - insbesondere befürchteten sie, durch weitere Auflagen in Ihren Ermittlungen behindert zu werden. Da Johannes zur Burg zu eilen genötigt war, fiel es Franz zu, die nötigen Vorbereitungen zu treffen.

Es stand nach den Aufzeichnungen der Fernschreiber fest, dass die Meldung aus der Burg in Umlauf gebracht worden war, was aber wenig zur Aufklärung beitragen konnte und alle drei - Johannes, Franz und die Hohe Frau - die von den Zusammenhängen wussten, hatten sich zur fraglichen Zeit dort aufgehalten, und hätten auch Gelegenheit zu einer unbemerkten Benutzung der Geräte finden können.

Die Feststellung dieser Tatsache allein führte beinahe zu einem ernsten Streit in der Hohen Runde. Nachdem Johannes den Bericht bis dahin vorgetragen hatte, wurde er mit mehreren zornigen Fragen konfrontiert, des Inhaltes, mit welchem Recht er einen Verdacht gegen Franz von Seedorf streue, da er selbst doch nicht weniger Gelegenheit besessen habe, die Meldung zu verbreiten. Bevor Johannes darauf antworten konnte, wurden laut die vorherigen Frager beschuldigt, er würde damit zu Unrecht verdächtigt, und endlich geschah beinahe ein Eklat.

---

[1] Die Eichenburger sind insgesamt misstrauisch gegen Behauptungen und Versprechen, besonders, wenn es darum geht, dass sie etwas kaufen sollen. Kein gutes Land für Versicherungsvertreter, Priester und Werbeagenturen also.

Einer der Hohen Herren, wohl von der Hitze der Diskussion getragen, rief in die Runde, dass doch viel eher die Marianne in Verdacht zu stellen sei, als die, die sich bemühten … doch weiter kam er nicht mit seiner Äußerung. Alle Anwesenden fielen in Schweigen, die Art Stille, die einem großen Sturm vorausgeht lag über dem Saal - schon ballten sich Fäuste, und Johannes bemerkte, dass die Hand des Friedhelm von Bergen sich fest um den Griff seines Degens schloss, dass die Adern hervortraten.

In diesem gefährlichen Moment stand Marianne von Seedorf auf, und mit der ganzen Macht ihres Amtes und der natürlichen Autorität ihrer Person gebot sie Ruhe: "Ich will, dass diese Hässlichkeit aus Protokoll und Gedächtnis gestrichen werde!", rief sie "Und stelle hiermit fest: es ist wahr, und es bleibt wahr, dass der Sommerrichter, der Privatdetektiv und die Hohe Frau das Wissen und die Gelegenheit hatten, die schändliche Meldung zu verbreiten. Ich verbiete hierdurch jedoch ausdrücklich, eine dieser Personen mehr als die beiden anderen zu verdächtigen."

"Ihr Hohen Damen und Herren!", setzte Johannes seine Rede fort, als sei gar keine Unterbrechung geschehen. "Ich bitte euch, noch folgendes zu bedenken: Ihr habt es selbst erlebt, wohin es führen kann, wenn ein Bericht der Detekterei zur Unzeit wird veröffentlicht - wenn es noch keinen Abschluss gibt, wenn noch nicht der Beweis bestätigt oder entkräftet, was der Verdacht uns nahelegt. Selbst Ihr, die Besten unseres Landes, könnt Zorn und wilder Spekulation erliegen, um wie viel mehr kann dieses mit Anderen geschehen, die nicht alltäglich mit komplexen Dingen sind befasst? Ich bitte euch …"

Und er hielt eine längere Rede, die in der anschließenden Diskussion dazu führte, dass verschiedene Dinge sich änderten im Eichenburger Land. Die Sitzung der Hohen Runde dauerte bis spät in die Nacht, und ergab eine Reihe von neuen Gesetzen und Verordnungen, die ganz im Sinne des Detektivs beschlossen wurden. Obwohl er recht erschöpft aus der siegreichen Wortschlacht hervorging, erstattete Johannes dennoch unverzüglich Bericht - Franz von Seedorf harrte seiner ungeduldig im Detektivbüro.

"Geschafft!", rief Johannes dem Wartenden entgegen. "Auf ganzer Länge durchgebracht!"

"Ja, wunderbar! So sind wir endlich frei von dem Berichtelügen?"

"Weit besser noch, ein neues Amt ist eingerichtet, das die Verbreitung aller Nachrichten zusammenfasst. Denk dir, im Volke gab es Stimmen, die forderten ein tägliches Pamphlet, und andere, die diese Meldungen eingestellt wissen wollten, und dritte, die jede Woche, den Report der Wache - den über die Qualität des Bieres, du weißt - beziehen möchten, insgesamt ein großes Durcheinander!"

"Und du .. ?"

"Jawohl! Ich habe es erreicht, dass täglich eine Meldung wird erscheinen, die alles Mögliche enthält - mit der Verpflichtung nur zur Wahrheit, nicht zur Vollständigkeit. Dass diese auch die Ankündigung von Theater und Konzerten verbreitet, endlich auch die Berichte von Proben dieser und so fort - mit der Erlaubnis dies zu kommentieren gar!

Und da der Auftrag, das zu tun ganz wunschgemäß an deinen Vetter ging - und dieser dich bereits berufen hat - wir werden jetzt entgegenstinken können, bei jedem weitren Anwurf dieser Art. Mit Segen auch der Hohen Runde!"

Solcherart wurde im Eichenburger Lande erstmals eingeführt, dass allmorgendlich jedermann, der Interesse hatte, eine Nachrichtensammlung erhalten konnte, die alle wissenswerten - und auch anderen - Meldungen zusammenfasste.

Die Publikation erfreute sich einer großen Beliebtheit, und die spitze Feder des Chefreporters, Franz von Seedorf, verhalf diesem sogar zu einem gewissen Ruhm. Geradezu Begeisterung aber löste diese Neuerung in den Papiermanufakturen aus, die ihren Absatz beinahe verdoppelten, und unter den Soziologen, die endlich das beste Gegenmittel für Neugierde fanden: die umfassende Information[1].

Trotz zahlreicher spitzer Bemerkungen über die Vergeudung von Papier und Arbeitszeit fand die tägliche Publikation von

---

[1] Dieses Mittel kennt jeder Lehrer: Wenn man sich bemüht, Leuten alles Wichtige zu berichten, hören diese sofort auf zuzuhören. Nur das, was man zu verheimlichen sucht wird von allen beobachtet, und die sicherste Methode, eine Tatsache zu verbreiten, ist das Dementi.

Berichten aller Art im Eichenburger Land reges Interesse. Beinahe jedem Hof, jedem Haus wurde am Morgen ein Exemplar der "Eichenburger Tages - Chronik" zugestellt, und zwar durch die Fernschreiber.

Viele Empfänger ließen sogar mehrere Kopien des Blattes erzeugen, besonders auf den abgelegenen Waldhöfen, wo jeweils nur ein Fernschreiber für bis zu 2000 Bewohner zur Verfügung stand.

Zuerst hatten die Hofherrinnen dagegen votiert, um einer Verschwendung von Papier vorzubeugen, aber das starke Interesse an der Chronik bewegte sie rasch, hierbei nachzugeben.

Wenn beim Frühstück jedermann die Zeitung zu lesen wünscht, entstehen Zank und Verzögerung des Arbeitsbeginns, so zu wenig Exemplare zur Verfügung stehen. Allerdings wurde der Mehraufwand dadurch gemildert, dass die Waldhöfe ihren Bedarf an anderen Papieren reduzierten, indem die Zeitung anderweitig wieder verwendet wurde[1].

Der mit der Herausgabe beauftragte Herr Alexander von Seedorf fand großen Gefallen an seiner Aufgabe, da er - nur gebunden an die Wahrheit, nicht aber an die Höflichkeit - endlich all das zu äußern vermochte, was bisher wenig beachtet war: denn Alexander hatte eine sehr leise Stimme, worunter er litt. Er nannte die Zeitung daher oft das "Organ der Stimmlosen", und obwohl dies zuerst wortwörtlich gemeint war, entwickelte sich daraus die Charakteristik der Zeitung:

Alexander legte allergrößten Wert darauf, seinem Publikum die Meinungen und Ansichten derer, die wenig beachtet wurden, mitzuteilen. Grundsätzlich ist das eine edle Idee, vorausgesetzt, man versteht die Grenze einzuhalten, denn manche Ansicht wird durchaus zu Recht wenig beachtet. Leider muss vermeldet werden, dass es anfangs durchaus nicht ständig gelang, hier den richtigen Ausgleich zwischen der Fabulierlust und der Realität zu finden, aber schon nach wenigen Wochen - und dem Verlust zweier Zähne[2] - war das Blatt ein durchaus seriöses.

---

[1] Der Ausruf des Mattias von Waldhof: "Das ist doch alles für den A...." trifft das Schicksal der **SUBSTANZ** einer Zeitung genau, und trifft gelegentlich sogar auf den **INHALT** zu. Besonders dann, wenn rote Druckerschwärze das Bild bestimmt.

[2] Neue Medien zu nutzen bedeutet nicht unbedingt, von alten Traditionen Abschied zu nehmen.

Die Eichenburger Tages - Chronik verwies mit Stolz darauf, von der Hohen Runde lediglich die Erlaubnis für Ihre Tätigkeit erhalten zu haben, aber keinerlei finanzielle Mittel. Auch die von Seedorf hatten aus Ihrer Kasse nichts beigetragen, erst recht nicht die von Waldhof oder von Bergen, so dass Alexander sich unabhängig zu nennen durchaus berechtigt war. Die Finanzierung des Projektes wurde allein durch die Gebühren der Leser und - eine geniale Erfindung des Seedorfers - sogenannte Anzeigen ermöglicht:

Wer auch immer etwas dem Publikum mitzuteilen gedachte, konnte gegen ein vergleichsweise geringes Entgelt einige Zeilen in der Publikation veröffentlichen lassen, und Alexander wusste von der Hohen Runde die Erlaubnis zu erwirken, dass der Wahrheitsgehalt dieser Anzeigen nicht in seiner, sondern in der alleinigen Verantwortung des Inserenten lag.

Nach einigen Anfangsschwierigkeiten markierte die Chronik Anzeigen deutlich als solche, um versehentlich falsch zugedachte Einwendungen den richtigen Gebissen[1] zuzuleiten.

Für Johannes von Waldhof war das tägliche Erscheinen der Chronik ein Geschenk, den unter der Vielzahl der Artikel - Berichte über Theaterproben und Sitzungen der Hohen Runde, Beobachtungen über die neueste Garderobe der Hohen Frau und Inserate über die hervorragenden Eigenschaften des neuesten Mittels gegen Glatzenbildung, der wöchentlichen Rubrik 'Seemannsgarn' worin Matrosen von ihren Erlebnissen während der letzten großen Fahrt berichteten und vielerlei mehr, entzog sich der 'Bericht aus dem Detektivbüro', der pflichtgemäß weiterhin erschien, fast gänzlich der Aufmerksamkeit.

Für Franz bedeutete die Stellung als Chefredakteur der Zeitung nichts weiter, als

---

[1] Es soll hier nicht der Eindruck entstehen, dass die Eichenburger Bürger alle ihre Probleme mit der Faust lösen. In den meisten Lebensbereichen ist der Einsatz körperlicher Züchtigung verpönt, teils sogar unter Strafe gestellt. Aber auch bei manchen Lügen und Verleumdungen ist die Faust nicht das rechte Mittel: da bedürfte es eines Tritts.

dass seine Tätigkeit als privater Detektiv nun eine gute und allgemein akzeptable Begründung hatte, denn als Reporter konnte er beliebig Fragen stellen, ohne weiter nach dem Grund gefragt zu werden - und darüber hinaus fiel die Berichterstattung aus der Eichenburg in seine Zuständigkeit, wodurch er das Recht gewann, an Tagungen der Hohen Runde als Zuhörer teilzunehmen.

"Johannes!" Franz von Seedorf strahlte förmlich, als der Hohe Herr Johannes von Waldhof das Detektivbüro am Vormittag betrat, und winkte mit einer umfangreichen Mappe.

"Endlich haben die Jungs den erwarteten Bericht zu Ende gebracht, und besser noch: gleich ausgewertet."

"Lass´ sehen, - nein, nicht den Text - was ist der letzte Satz?"

"Soweit bin ich noch gar nicht vorgedrungen, Johannes, aber ich kann sagen, dass unsere Junioren sauber und fleißig gearbeitet haben, über siebentausend Akten sind ausgewertet und … "

"Und, ich bitte dich: wie lautet der letzte Satz?"

Franz von Seedorf schlug die Mappe am Ende auf, blätterte dann wieder ein Stück zurück. "Ach, drei Seiten Tätigkeitsbericht und Spesen?", wieder ein Stück zurück. "Aufstellung nach Personen, soso", und noch einmal. Franz las, schluckte und las dann vor:

"Unter den Akten der Eichenburger Gerichtes finden sich insgesamt 35.619 Vorgänge von Gewalttätigkeit. Davon handeln von den Taten Verstorbener 24.903, bleiben 7.716 Taten Lebender. Davon erschienen die Täter aus eigenem Willen zur Entschuldung vor einem Richter in 7344 Fällen, verbleiben 372."

Franz sah auf. "Eine gewaltige Arbeit steckt drin nicht wahr?"

"Gewiss", sagte Johannes, "aber das Ergebnis ist noch nicht vollständig."

"Entschuldige. Ah, von diesen betreffen drei Vorgänge unseren allergnädigsten Hohen Herrn und Sommerrichter, Johannes von Waldhof, den ersten Detektiv im Eichenburger Land, zwei weitere den Herrn Franz von Seedorf, Reporter der Chronik und Privater Detektiv mit Erlaubnis der Hohen Frau, und jeweils eine die Herren Karl von Waldhof und Ferdinand von Seedorf, bestellte Juniordetektive im Studium. In diesen, wie in 352 weiteren Fällen muss zu Bedenken gegeben werden, dass die Beschuldigten es gewiss nicht verfehlt haben würden, zuerst bei einem Richter zu erscheinen, sie aber wegen den Nachfolgen der Zecherei dazu nicht imstande waren".

Franz machte eine kurze Pause in dem Vortrag und fragte in spöttischem Ton: "Gleich dreimal, Herr Sommerrichter? Wie bringt man denn einen von Waldhof dazu, mehr zu trinken, als ihm wohltäte?"

"Und wie", konterte Johannes, "einen von Seedorf, die Hand zu erheben statt das Lästermaul aufzureißen?" Die beiden lachten, wohl gleichermaßen über- als auch miteinander, bevor Franz die Vorlesung fortsetzte.

"Die verbleibenden elf Fälle verteilen sich wie folgt. Je einmal zur Verantwortung gezogen wurden:

Der Frank Glasweber, der aber als Entschuldigung für sein Fernbleiben eine eigene Verletzung am Bein, die er sich bei dem Streit zugezogen, anführen konnte.

Der Hubert Wagenbauer, der eine Stunde nach dem ersten Händel einen weiteren mit einem Herr von Waldhof begonnen, und morgens statt des Richters den Zahnarzt aufgesucht hatte.

Der Gustav Weber, der geltend machte, dass sein Kontrahent den Streit begonnen hatte, was in der Folge auch Bestätigung fand.

Die Susanne Seefischer, die angab, in Verteidigung eines Schutzbefohlenen gehandelt zu haben und ihrerseits Klage gegen den Beschwerdeführer erhob - worin ihr letztlich Recht gegeben wurde.

Werner Dassel, ein Seemann ruigischer Herkunft, der wegen seiner offenbaren Unkenntnis Eichenburger Gepflogenheiten aber entschuldigt wurde.

Sechsmal vor Gericht gebracht wurde der Peter aus der Familie Südmüller, jedes Mal mit dem Vorwurf, in unbeherrschter Art auf einen eingeschlagen zu haben, der ihn beleidigt habe. Bei drei Gelegenheiten hat der Peter sich dazu bewaffnet, einmal mit einem Pflasterstein, einmal mit einer Latte, die er von einem Zaun gerissen und ein weiteres Mal mit einer Rehkeule, die zur Küche zu tragen er den Auftrag hatte. Der Peter Südmüller ist, wegen eines Schadens an seinem Geist von Geburt an, beständig in dem Haus des Armenfundus wohnhaft. Es konnte daher nicht in einem Fall ein

Urteil ergehen, auch wenn die Verantwortlichen des Hauses ernst ermahnt worden sind."

"Oh Tot und Teufel!", entfuhr es Johannes. "Das wäre! Den Peter kenn' ich wohl. Ein Riese von Gestalt, im 33. Jahre stehend, doch in seinem Kopf noch ein Kind von sechs oder acht, in günstigen Momenten. Von sanftem Gemüt, höflich zu jedem, auf seine Art, aber wehe, er wird über das Maß belästigt: fünf Männer können seiner Raserei dann Einhalt nicht gebieten."

"So könnt es also sein ...?", hub Franz zu erwidern an, wurde aber sogleich unterbrochen: "Es könnte sein, obwohl's nicht sein kann, Freund Franz. Bedenke wohl, es hat ja auch nicht sein können, dass ein von Waldhof vom Bier des Vorabends so leidet, dass er nicht zuerst vor einen Richter tritt, sondern geholt würde! Doch ist es geschehen, obwohl es niemand denken konnte!"

"Dann, Johannes, müssen wir den Peter wohl bestellen, um Klarheit zu gewinnen."

"Nein. Dieses nicht: wir werden uns dorthin begeben, ohne den Jungen zu beunruhigen. Da erfahren wir mehr. Doch eines: lass deine Zunge fest zwischen die Zähne geklemmt, und beiße zu, wenn sie sich rühren will; denn wenn der Peter Südmüller sich von dir getroffen fühlte, dann bliebe es wohl nicht bei neuen Zähnen!" Bei sich dachte er noch:

"So spitz, wie die seedorfsche Zunge wohl ist, da wäre glatt ein neuer Kopf vonnöten."

Das Haus des Armenfundus in Eichenburg befindet sich auf der der Stadt zugewandten Flussseite des Burgviertels, und nimmt also die wohl beste Lage ein, die sich denken lässt. Darüber hinaus ist dieses Haus - eigentlich eine Ansammlung von Gebäuden, die beinahe ein kleines Dorf bilden - sowohl von der Burg als auch von den Herbergen aus gut zu sehen, was bei der Wahl des Ortes für diese Einrichtung durchaus beabsichtigt war:

Niemand sollte vergessen können, dass manche Bürger des Eichenburger Landes beständig der Hilfe bedürfen, und besonders, dass diese beständig gewährt wird. Hier lebten diejenigen, die nicht mehr - oder noch nie - im Stande waren, für sich zu sorgen, die einer Betreuung bedurften, die ihre Angehörigen nicht aufzubringen vermochten, oder die, denen alle medizinische Kunst nicht half.

Es war nicht als Ausgleich gedacht, dass in dem Armenhaus jeder Bewohner doppelt soviel Platz für sich beanspruchen konnte wie selbst in der teuersten Herberge, sogar mehr, als im Haushalt der Hohen Frau dem Einzelnen zustand, sondern dies trug dem Umstand Rechnung, dass die Unglücklichen zumeist nicht frei sind, die Stadt für den Sommer zu verlassen. Das Haus des Armenfundus ist für viele der einzige Ort, und daher muss dieser das bieten, was Anderen die Weiten des Landes zu bieten haben.

Das Haus war auch die gewöhnliche Herberge für diejenigen, die gekommen waren, um in der Stadt Eichenburg den Tod zu erwarten, mit dem Zweck, im Eichenburger Friedwald sich bestatten zu lassen - in gewöhnlichen Unterkünften wäre die notwendige Betreuung kaum möglich gewesen. Trotz der wenig hoffnungsvollen Situation der Bewohner war der Ort aber keineswegs düster oder traurig. Im Gegenteil - mancher, der des Lachens in einem harten Leben oder nach langer und hoffnungsloser Krankheit völlig verlustig gegangen war, lernte es hier erneut.

Viele Berufe forderten es, während der Lehrzeit im Haus des Armenfundus zu dienen, und das mit gutem Argument: einmal, weil die Aspiranten von Grund auf kennen lernten, was es bedeutet, schwach zu sein, und weil sie ebenfalls erfuhren, dass im Eichenburger Land keine Schwäche bewirken darf, verachtet zu werden.

Johannes und Franz schritten durch das Tor des Armenhauses, und Johannes, der hier wohlbekannt war[1] führte seinen Freund durch die Gärten und Anlagen, wobei er ständig grüßte und gegrüßt wurde. Franz, der zuletzt als Wachstudent hier gewesen war, aber seither kein öffentliches Amt inne gehabt hatte, war und fühlte sich fremd.

"Ich habe es nie in Zweifel gezogen, dass dieses Haus nach besten Kräften unterstützt sein muss", flüsterte er beim Anblick eines Menschen in einem Fahrstuhl, dessen Alter eine Bestimmung des Geschlechtes völlig unmöglich gemacht hatte, der aber trotzdem fröhlich mit einer von Arthritis verzogenen Hand winkte.

---

[1] Zur Richterausbildung gehört ein Dienst von 26 Wochen im Armenhaus. Nur um Überheblichkeit gegen weniger Begabte zu vermeiden. Seither erschien Johannes mehrmals im Jahr zu freiwilliger Arbeit, so wie es viele andere ebenfalls taten.

"Hannes! Lieber Junge!", rief und dabei lachte.

"Aber jetzt sehe ich, dass die besten Kräfte nicht genug sind, es zu würdigen"

"Wie meinst du das?"

"Der Junge dort, zum Beispiel: er hat, so scheint's, doch nur ein Bein - und lacht uns dennoch an, derweil sein Freund - ich merke gerade, der ist blind - ihn stützt und ..."

"Ja", warf Johannes ein, "Egon und Jan", er winkte ihnen zu, "die beiden sind unzertrennlich."

"Und dort der den Fahrstuhl so sorgsam schiebt, der muss doch ein Jahrhundert auf dem Buckel haben!"

"Der alte Fritz, ja, der ist vor 11 Jahren hergekommen, um den Friedwald aufzusuchen ... aber jedes Jahr schiebt er's hinaus, weil, wie er sagt, er sich um die Alten kümmern muss. He Fritz!", rief er mit lauter Stimme. "Du sollst doch nicht so hurtig um die Kurven eilen!"

"Der Alten in dem Stuhl gefällt's! So muss ich wohl!", war die Antwort. Und unter Hallo von vielen Seiten erreichten die Detektive das Hauptgebäude.

"Wie kommt es, dass mir das so unbekannt erscheint? Als hätte ich es nie gesehen - obwohl ...", fing Franz an, aber nicht Johannes antwortete:

"Weil damals, Franz von Seedorf, als du zuletzt hier dientest, du erst ein grüner Junge gewesen bist. Schön, dich wieder mal zu sehen! Und schön, dass du jetzt siehst."

Susanne Seefischer, seit dreißig Jahren die Hausfrau des Armenhauses und damit Gebieterin über alle, die hier lebten und arbeiteten, hatte wirklich ein hervorragendes Gedächtnis.

"Deine Familie ist die, von der wir hier den meisten Lohn empfangen, und ohne dieses Geld wär's nicht möglich, so viel zu tun ... aber ..."

"Aber?"

"Kaum einmal, dass ein von Seedorf über die Notwendigkeit heraus in diesen Mauern weilt, was glaubt ihr denn! Wollt ihr euch frei von der Verpflichtung[1] kaufen?"

---

[1] Hier ist eine Erklärung nötig: Das Sozialsystem im Eichenburger Land basiert darauf, dass jeder der hat, nach seinen Fähigkeiten gibt, und jeder, der benötigt nach

Franz schaute verlegen drein, und Johannes eilte ihm zu Hilfe mit dem Einwurf:

"Susanne, tue ihm nicht unrecht! Wir haben in unserer Familie das Gesetz, dass keine Frau zur Herrin eines Hofes werden kann, ohne in diesem Haus gedient zu haben; wir haben dies Gesetz noch aus der Zeit, da unsre Leute oft nach einem Zug gegen die Raubbanden mit gebrochnen oder fehlenden Gliedern hier endeten - ein Seemann aber kehrt kaum invalid zurück - die siegen oder sterben. Manchmal beides."

"Das mag so sein ..."

"Es ist so! Alle meine Tanten, Cousinen, meine Mutter und Schwestern waren hier, zu dienen und zu lernen - und mich und alle ihre Männer darüber zu belehren. Da ist es kein so großer Verdienst, dass endlich wir es auch verstehen. Die von Seedorf haben andre Qualitäten."

"Nun gut - doch lassen wir den Gegenstand - wie kann ich dienen, Hoher Herr?"

"Zunächst, indem du mich wie sonst anredest, zum zweiten, indem du in dem Herrn neben mir einen Freund siehst, den meinen nämlich, und dann erst einen Seedorfer, und endlich, indem du mir sagst, wo ich den Peter Südmüller finde ..."

"Warum?"

"Ich möchte mit diesem reden, denn es erscheint möglich ...."

Aber Johannes wurde jäh unterbrochen, indem Susanne Seefischer einer Miene[2] gleich explodierte. "Du .. du .. du Detektiv! Du sagst, es wäre möglich, dass der Peter ..., Mistkerl, verdammter ... Und selbst, wenn er es war, dann nur, weil der Herr Sommerrichter ihn gequält hätte, du weißt doch wie das mit dem Peter ist. Und wenn

---

seinen Bedürfnissen bekommt. Das ist nicht auf die Thesen eines Religionsstifters oder Ideologen zurückzuführen, sondern auf den Lehrsatz meiner Oma*: was du nicht willst, dass man dir tu, das füg auch keinem andren zu. Zum Beispiel in der Biogasausgangssubstanz sitzen lassen.
*Wer eine gute Oma hat(te), kann in aller Regel auf Gesellschaftstheorien jeder Couleur biogasausgangssubstanzen.**
**und verwendet gewisse Worte nur mit Erinnerungsschmerz in der Wange.
[2] Zu dieser Zeit waren Landminen nicht nur außer Gebrauch sondern auch in Vergessenheit geraten - aber Leute mit militärischen Neigungen hätten eine gute Vorstellung von deren Wirkung bekommen können, wenn sie die Herrin des Armenhauses einmal im Zorn beobachtet hatten.

der Seedorf an dem Armen seine spitze Zunge hatte geübt, dann geschähe es ihm recht, dass Peter in erschlüge."

Johannes hatte einen derartigen Ausbruch wohl erwartet, denn Susanne Seefischer war dafür bekannt, ihre große Herzenswärme allein für die ihr Anvertrauten zu benutzen, aber jeden, der diese in irgendeiner Beziehung beleidigte oder gar angriff mit allem zu bewerfen, was an Gift in ihr steckte - und weil solches nur selten geschah, sammelte sich eine Menge Gift in ihr an. Nachdem das Üble losgeworden und das Gemüt der Herrin vom Armenhaus also wieder rein und freundlich war, konnte der Detektiv fragen, was zu erfahren er gekommen war.

"Susanne Seefischer, ich glaube wohl, dass du auf das genaueste weißt: nie hätte ich den Peter in Verdacht, mit Vorsatz oder böser Absicht je einem Menschen schaden zugefügt zu haben. Ich kenn' ihn wohl, weiß um sein artiges Wesen, aber …"

"Aber auch um seinen rasenden Zorn, aus Anlass einer Beleidigung!"

"Worin er dir gleicht, Susanne."

"Es stimmt schon - aber wieder nicht. Denn wenn der Peter einen hat geschlagen, dann erscheint er stets bei mir und klagt sich an. 'Ich war so böse', sagt er dann, und berichtet unter Tränen mir den Vorfall. Nachdem der Sommerrichter war erschlagen aufgefunden, da kam der Peter wohl; jedoch nicht mit Tränen und Selbstanklage, sondern - wie soll ich sagen - verwirrt. Ängstlich und verwirrt. Er sagte nur: 'der Hohe Herr war böse, böse, böse', und rannte fort - und seitdem haben wir ihn nicht gesehen, den armen Bub."

"Wie könnt' das zu erklären sein? Ich hab doch recht verstanden: wenn Peter einen schlägt, so nennt er selbst sich böse? Folglich, vielleicht …"

"Vielleicht ist's so, dass er gesehen hat, wie einer einen anderen schlug?" Das fragte Franz, und gewann damit einen freundlichen Blick von Susanne.

"Aber dann muss er den, der geschlagen hat, gekannt haben - denn wie sollte er sonst wissen, dass der ein Hoher Herr gewesen?", griff Johannes den Gedanken auf. Susanne sah beide an. "Aber dann …"

"Ja. Wenn es sich auf diese Art verhält, dann ist es sehr bedenklich - für den Peter nämlich, denn es erscheint, als hätte er die Tat gesehen."

"Und den Täter - Ach, meine Herren! Ich muss aufs Nachdrücklichste bitten, versucht den armen Jungen mir zu finden, bevor …"

"Bevor ein anderer uns hierin zuvorkommt. Ja."

Johannes eilte nebst Franz in das Detektivbüro, und beide leiteten mit größter Hast die ungewöhnlichsten Maßnahmen ein, die im Eichenburger Land je beobachtet wurden. Nicht nur, dass alle Wachen und Jäger angewiesen wurden, den Peter Südmüller aufzufinden, der gleiche Befehl - nur der Höflichkeit halber als Bitte formuliert - erging an alle Hofherrinnen und Ortsleitungen, an jede Stelle, die mittels Fernschreiber zu erreichen war, und von da an jeden Bürger im Eichenburger Land.

Franz hatte darauf gedrungen, nicht die wahre Besorgnis als Grund anzugeben, nämlich, dass der Mörder erfahren könnte, dass Peter Südmüller möglicherweise ein Zeuge war. Das hätte den Peter in Gefahr bringen können. Also verfassten die Detektive ihren Aufruf so, dass man daraus entnehmen könnte, sie hegten den Verdacht gegen Peter - Susanne Seefischer hatte es übernommen, den Grund dafür an Peters Familie zu berichten.

Ein genaues Signalement des Peter Südmüller wurde verbreitet, zusammen mit der Anweisung, auf welche Art sich ihm zu nähern und wie er zu behandeln sei - vielmehr, wie dies auf keinen Fall zu geschehen habe, um einen Zornesausbruch zu vermeiden.

In den folgenden Wochen gewöhnte Franz von Seedorf sich daran, fast jedes Mal, nachdem er in einer Sitzung der Hohen Runde beigewohnt hatte, einige Zeit im Armenhaus zu verweilen, was Susanne Seefischer sehr erfreute. Auf eine diesbezügliche Bemerkung von Johannes meinte der Reporter:

"Ach, weißt du, es hat mich doch recht nachdenklich gemacht, was Susanne mir vorwarf … und außerdem, es ist sehr angenehm, nach diesen Sitzungen noch ein vernünftiges Gespräch zu führen - zum Beispiel mit dem Alten Fritz."

Die vornehmliche Aufgabe des Tageschronisten ist die getreuliche Berichterstattung, so wie die hauptsächliche Obliegenheit des

Detektivs die Aufhellung des Verdunkelten ist, aber darüber rangiert eine noch wichtigere Pflicht: Der genaueste Bericht, die hellste Wahrheit darf niemals solcherart abgefasst und verbreitet werden, dass daraus ein Schaden entstünde. Es ist nicht immer leicht, das zu erreichen, besonders dann nicht, wenn das Thema einer Abhandlung geeignet ist, Unruhe oder Unzufriedenheit zu schüren.

Hauptsächlich ist das der Fall, wenn ein Gegenstand obzwar auf Interesse stößt, aber allgemein nicht vollkommen durchschaut wird, oder wenn der Gegenstand etwa durch die Geschichte belastet erscheint, oder die fachlich richtigen Begriffe durch früheren Missbrauch belastet sind[1]. Manchmal ist es da hilfreich, weniger richtige Begriffe zu gebrauchen, um einer zornigen Reaktion vorzubeugen, bisweilen ist es möglich, die fraglichen Begriffe richtig darzustellen und gelegentlich schützt einen das eigene Ansehen vor dem Verdacht, statt einer Berichterstattung Hetze zu betreiben.

Die Detektive in Eichenburg wählten das letztere Mittel, um möglichst wenig Erregung hervorzubringen, und zwar in enger Zusammenarbeit mit den Reportern des Tageschronisten. Zunehmend wurde dessen Berichterstattung über die Detekterei und ihrer Ergebnisse von einem spöttischen Ton durchzogen, der mehr oder weniger nahelegte, dass Johannes von Waldhof und seine Junioren der Aufgabe wenig gewachsen seien, und dass sie Ihre Zeit mit zwar durchaus ehrenwerten und nützlichen, aber wenig sachdienlichen Beschäftigungen verbrächten.

Der Gedanke dahinter war folgender: Dem Mörder sollte das Gefühl relativer Sicherheit gegeben werden, in der Hoffnung, dass er vielleicht einen Fehler beginge, der auszunutzen wäre. Denn obwohl die Detektive noch keinerlei Vorstellung von dem Tatmotiv hatten, so vermuteten sie doch, dass ein Ziel dabei verfolgt war, spätestens, seit ihre Arbeit durch die Fernmeldernachricht beinahe unmöglich gemacht worden war. Darüber hinaus war eine Geringschätzung der Fähigkeiten der Detektive auch geeignet, eventuellen Beunruhigungen der Bevölkerung vorzubeugen, das Misstrauen zu dämpfen, das naturgemäß jedem Ermittler entgegengebracht wird und somit den Erhebungen förderlich.

---

[1] Ihr Chronist verzichtet an dieser Stelle **AUSDRÜCKLICH** auf veranschaulichende Beispiele. Die Auflage einer Publikation durch Skandale und Provokationen steigern zu wollen, verdient es tatsächlich, den Richtplatz wieder zu eröffnen, aller Hygiene zum Trotz. (vergl. Seite 25)

Ein Manko der Detektivarbeit war es ohne Zweifel, dass noch keine rechte Methode bestimmt war, wie dabei vorzugehen sei und die Detektive folglich zunächst sich bemühen mussten, eine solche zu entwickeln.

Zunächst hatten sie sich auf die Sammlung von Informationen geworfen, in der Hoffnung, aus diesen ohne weiteres den Täter ablesen zu können. Als dieses keinen Erfolg brachte, mache Johannes sich daran, in Form von verschiedenen Listen festzuhalten, wer zu einer Einzelnen Handlung, die dem Täter zuzurechnen war, Mittel und Gelegenheit besessen hatte, und dieses Verfahren hat, wie schon berichtet wurde, das Potential, Unruhe zu stiften.

Denn auf fast allen dieser Listen fanden sich Namen von Personen, die ohne weiteres in Verdacht zu stellen nicht statthaft war, und selbst der Hinweis, dass die Einfügung eines Namens auf der Liste, beispielsweise derjenigen, die zu einem bestimmten Zeitpunkt sich in der Burg aufhielten, keine Verdächtigung darstellte, sondern nur der Vollständigkeit halber geschah, hätte die Betroffenen wenig beruhigt.

Durch den Vergleich der Listen hoffte Johannes, denjenigen zu finden, der allein alle Voraussetzungen erfüllte - jedoch vergeblich: Mehrere Personen, darunter er selbst, erschienen in jeder der Aufstellungen. Johannes hatte darauf bestanden, dass die Angabe einer Person, wo sie zu einem bestimmten Zeitpunkt sich aufgehalten habe, ohne Prüfung und Beweis nicht ausreichen durfte, um von einer Aufstellung ausgenommen zu werden, was so verstanden werden könnte, dass diesen Angaben kein Glaube geschenkt, und also der Befragte der Unehrlichkeit geziehen werde.

Johannes meinte zwar, hinreichend sein Vorgehen erklären zu können, indem er darauf hinwies, dass schließlich einer, der einen Mord begangen hatte, natürlich auch zu einer Lüge imstande sei, dass er darüber hinaus selbstverständlich dem einzelnen zu Glauben bereit war, aber die Aufklärung des Verbrechens eben Misstrauen erforderte und er überdies sich selbst ja keineswegs dem Verfahren entzöge, was in der Hohen Runde auch durchaus Verständnis fand. Trotzdem wurde von den Hohen Damen und Herren befunden, dass solche Methode nicht geeignet war, allzu öffentlich bekannt zu werden.

Also wurde in der Berichterstattung etliches verbreitet, das dem Augenschein nach bedeutungslos war, einiges auf eine Weise verfasst, die zwar der Wahrheit durchaus gerecht wurde, durch die Formulierung aber dieselbe beinahe unkenntlich machte, und vieles, wovon man zwar annehmen konnte, dass es das Publikum mit Interesse aufnehmen würde, das aber in der Sache ohne Belang war.

Die Methode, Einzelne von dem allgemeinen Verdacht auszuschließen, indem man die Unmöglichkeit ihrer Täterschaft nachwies, ergab als einzig unanfechtbares Ergebnis, dass Herr Hartmuth von Seedorf sicherlich nicht im Stande gewesen sein konnte, seinen Leichnam in die Kugelgasse zu verbringen, da er zu der Zeit, da dieses geschehen ist, bereits gut vier Stunden tot war[1].

Auch die Frage, wem denn der Tod des Sommerrichters Nutzen gebracht hätte, erhellte wenig - außer den Detektiven, die dadurch zu ihrem Amt gekommen, und den Chronisten, deren Berufsstand in der Folge begründet war, umfasste die Liste der Erben derart viele Namen, dass diese gar nicht einzeln aufgeführt werden konnten, denn Hartmuth von Seedorf hatte seine Ansprüche gegen die Kasse derer von Seedorf seiner Familie vermacht, versehen mit der Verpflichtung, drei noch nicht abgeschlossene Patenschaften weiter zu finanzieren.

Die Tageschronik berichtete über das Leben und Wirken des Ermordeten in mehreren Artikeln, teilweise, weil der Sommerrichter durchaus ein Beispiel gegeben hatte, indem er einen Großteil der Bezüge seiner Ämter für verschiedene gemeinnützige Zwecke aufzuwenden pflegte, so eben für etliche Patenschaften, die meist dazu dienten, jungen Menschen ein für Ihre Verhältnisse zu teures Studium zu ermöglichen[2], teilweise aber auch, um eventuell aus der Reaktion der Leserschaft weiteres über den Toten zu erfahren.

Franz von Seedorf berichtete mehrfach über die Tätigkeit des Armenfundus und besonders über das Wirken der Susanne Seefischer, deren Anwurf gegen seine Familie und Person ihn sichtlich beeindruckt hatte. In Folge dieser Artikel konnte ein Anwachsen der

---

[1] Der Satz "Eliminiere das Unmögliche, dann bleibt das Rechte zurück" ist eine schicke Idee, die von vielen Kriminalautoren gerne benutzt wird. Schade, dass solches Vorgehen in der Realität wenig funktioniert.

[2] Begabtenförderung ist nicht nur ein altruistischer Zug, sondern durchaus auch eigennützig: schließlich bedarf der Seehandel befähigter und gut ausgebildeter Kräfte. Und viele Junge Männer und Frauen, die solcherart eine Ausbildung und Anstellung in dem Seedorfschen Unternehmungen fanden, trafen dort schließlich auch Ihre späteren Ehegatten. So blieb die Wohltat letztlich oft in der Familie.

Zufriedenheit, ja des Stolzes in der Eichenburger Bürgerschaft auf ihr Land und seine Fürsorglichkeit festgestellt werden[1], ebenso wie eine Zunahme der Spenden und freiwilligen Arbeitsleistungen für diesen Zweck.

Es wurden auch Berichte über zahlreiche andere Gegenstände veröffentlicht, etwa über Sitten und Gepflogenheiten in anderen Ländern, über die einzelnen Manufakturen und Berufsverbände im Eichenburger Land, über Neuerungen in der Gasproduktion ebenso wie über die neuesten Kleider, die die Hohe Frau entworfen hatte - allesamt trafen diese Artikel auf Interesse, doch da sie im Zusammenhang mit den Ermittlungen der Detektive nur insofern von Bedeutung waren, als dass sie deren wöchentlichen Bericht zu weniger Beachtung verhalfen, soll hier nicht näher darauf eingegangen werden.

Wie der Peter Südmüller den Sommer des Jahres 692 verbrachte und was er derweil erlebte, blieb den Detektiven in Eichenburg unbekannt, denn die diesbezüglichen Nachforschungen brachten erst im darauf folgenden Jahr ein vollständiges Bild hervor. Ungeachtet der Versicherung gegenüber Susanne Seefischer behielten die Detektive einen gewissen Verdacht gegen den Peter, denn immerhin war der Ruf 'Der Hohe Herr war böse' eventuell als Rechtfertigung - oder zumindest als ein Versuch einer solchen - für eine Attacke auf den 'Bösen' Hohen Herrn, also auf Hartmut von Seedorf zu verstehen.

Wodurch dieser aber beim Peter Südmüller für böse hätte gelten können, war kaum zu erfinden. Denn obschon der Ermordete die seiner Familie eigene Spitze Zunge in nicht eben geringem Maße wohl besessen hatte, so war es geradezu ausgeschlossen, dass er diese dem Peter gegenüber, dessen Empfindlichkeit und eventuell daraus folgender Raserei er gut kannte, gebraucht haben könnte. Auch war der Hartmuth von Seedorf gegen die Bewohner des Armenhauses von besonderer Nachsicht und Fürsorge geleitet, was, wie Susanne Seefischer gelegentlich bemerkte, ihn nicht als Angehörigen seiner Familie kennzeichnete.

Auch der Umstand, dass Hartmuth von Seedorf erstochen ward, sprach gegen die Täterschaft des Peter Südmüller, dem es

---

[1] Geht doch.

aufgrund seiner gigantischen Körperkraft gewiss wesentlich leichter gefallen wäre, seinem Opfer den Köpf abzureißen, als es 'mit kundiger Hand', wie es in dem Bericht der Leichenschau geheißen hatte, zu erstechen, und ebenfalls wäre es ihm , da er des Schreibens nicht oder nur sehr unbeholfen kundig war, keinesfalls möglich gewesen, die lästige Fernschreibermeldung in Umlauf zu bringen.

Tatsächlich hatte Peter auch mit diesem Fernschreiben nichts zu schaffen, denn er war, nachdem er der Susanne Seefischer Mitteilung gegeben hatte, dass 'Der Hohe Herr böse' gewesen sei, ohne Verzug in südlicher Richtung aufgebrochen - Susanne hatte zunächst vermutet, in Richtung auf sein Elternhaus. Die Hauptrichtung stimmte zwar überein, denn Peters Mutter lebte immer noch in Südmühle, einem Ort mit mittlerweile fast 3500 Einwohnern, etwas über 5 Tagesmärsche südlich von Eichenburg. Indes, Peter erreichte die Ortschaft nicht, oder genauer- er umging diese weitläufig, denn durch verschiedene Versuche in der Vergangenheit war ihm durchaus bekannt, dass seine Mutter ihn nicht aufnehmen konnte und wollte.

Christa Südmüller, eine der Wenigen, die diesen Namen noch trugen, war in wenig glücklicher Verfassung: Schon seit etlichen Jahren verwitwet und gesundheitlich wenig stabil - was vielfach auf die beständige Sorge um und die Selbstvorwürfe wegen ihres Sohnes zurückgeführt wurde - schaffte es ganz gut, für sich selbst zu sorgen; aber für den kindlichen Riesen mit aufzukommen, war ihre Kraft nicht genug.

Peter wanderte weiter in südlicher Richtung, und da er sowohl sehr kräftig war als auch mit leichtem - nämlich keinem - Gepäck reiste, so kam er schnell voran. Größere Ansiedlungen mied er genau so wie die Landstraßen, und so wurde er kaum bemerkt - und wen er traf, der hatte es, als der Aufruf, den Peter Südmüller ausfindig zu machen erschien, wohl schon vergessen. Einmal übernachtete er in der Scheune eines abseitigen Hütehofes, dessen derzeit einzige Bewohnerin, eine steinalte Frau, ihm als Entgelt für das Spalten einer Fuhre Feuerholz großzügig mit einem ganzen Schinken nebst zweier großen Brote entlohnte

Ihr Sohn, der zwei Tage darauf mit einigen Helfern vom Umtreiben seiner Herden zurückkehrte, fragte allein nach dem Verbleib des Schinkens, und war, als er die Umstände erfuhr und den riesigen Holzstapel visitierte, leidlich zufrieden gestellt, dass seine

Mutter einen günstigen Tausch gemacht hatte. Wohl hatte Peter artig seinen Namen und Herkunft genannt, da aber die Mutter des Viehtreibers beinahe gänzlich taub war, hatte sie dem wenig Beachtung geschenkt.

Wieder etwas weiter traf Peter Südmüller auf einen Elfenzug, den ersten, der in diesem Jahr ins Eichenburger Land gekommen war, und zwar gerade in dem Augenblick, da einige Elfen sich abmühten, ein gebrochenes Wagenrad zu ersetzten. Peter grüßte wieder artig, um sogleich den Karren an der Achse zu greifen und hochzuwuchten, so dass die erstaunten Elfen das Rad sogleich austauschen konnten. Die Elfen, wie es ihre Art war, bedankten sich für die Hilfe mit einem reichhaltigen Mittagbrot, etwas Wegzehrung und, als ihnen später der Umstand, dass ihr freundlicher Helfer von der Wache gesucht wurde bekannt wurde, mit allertiefstem Stillschweigen.

Und dann war Peter Südmüller auch schon aus dem Eichenburger Land heraußen, denn er hatte die Strecke von 31 Tagesmärschen in zwölf und einem halben Tag zurückgelegt, ohne weitere Spuren zu hinterlassen. Noch einmal drei Tage hinter der Landesgrenze traf Peter wieder auf Menschen, sogar auf Landsleute, was beiden Seiten recht gelegen kam. Peter war hocherfreut, weil die Begegnung endlich wieder ein richtiges Essen versprach, die Pioniergruppe, auf die er gestoßen war, zeigte sich begeistert über seine Kraft, die bei ihnen wohl zu gebrauchen war.

Pioniergruppen sind seit Jahrhunderten unterwegs, um alte verlassene Siedlungen zu finden und auszubeuten, ein Unterfangen, das risikofreudigen Menschen neben dem Gewinn aus dem Verkauf ihrer Ausbeute die Befriedigung ihrer Abenteuerlust bietet.

Man schließt sich, die Warnungen der Mutter ignorierend, mit einigen Gleichgesinnten zusammen und bricht früh im Jahr, sobald es die Witterung eben zulässt, auf, um eine noch nicht ausgebeutete Siedlung zu suchen - oder zu einer der bekannten, aber noch ergiebigen Ortschaften.

Hat man das Glück, einen neuen Ort zu finden, womöglich gar einen größeren, so geht einer der Gruppe zurück, bis er einen Hof mit einem Fernschreiber erreicht, und meldet den Fund an, mit der Bitte, doch im Herbst mit einigen Lastwagen oder einem Schiff die

Pioniere sowie die Ausbeute abzuholen. Alsdann macht man sich ans Graben, Sortieren und Sammeln, und wenn der Fund glücklich und die Bedingungen günstig waren, könnte man nach Abzug der Kosten mit 150 bis 200 Tagelohn an Gewinn rechnen.

Die Regel ist ein solcher Glücksgriff nicht, aber ist nach einigen Monaten nichts Neues entdeckt, dann begibt man sich eben an andere Orte, wo bereits ausgebeutet wird, und kann dort immer noch in drei Monaten um 80 Taglohn[1] verdienen. Die Gruppe, die der Peter Südmüller traf, war von dem bekannten Schema aber abgewichen, denn sie hatten, gar nicht abenteuerlicher-, dafür klugerweise etliches an Zeit mit dem Studium alter Landkarten und Reisebeschreibungen verbracht, und waren sodann mit einer festen Vorstellung ihres Zieles aufgebrochen - und tatsächlich fündig geworden.

Der Fund war jedenfalls genau der Glücksfall, den die Pioniere stets erhoffen, allein, es ergab sich gleich ein Problem, denn dieser Ort würde den Findern nur so lange als Einzigen zustehen, wie sie die Ausbeutung regelmäßig betrieben, und das ist weniger die Art der Pioniere - und um das Recht an dem Fund vorteilhaft verkaufen zu können, musste die Siedlung möglichst genau erforscht werden - und die Erkundung ging auf Kosten der Zeit, die nötig war, um Wertvolles zu bergen. Da war jede zusätzliche Hand recht, und solche Pranken wie die, über die Peter Südmüller verfügte, ganz besonders.

Dass Peter leicht in die Gruppe Aufnahme fand, ist wenig verwunderlich: Pioniere sind in mancherlei Beziehung ebenso Außenseiter, wie er es war, und neigen wenig dazu, Fragen zu stellen. Immerhin mochte der eine oder andere von ihnen nicht nur deshalb sich auf dieses abenteuerliche Leben eingelassen haben, weil es seiner Natur entsprach, sondern, vielleicht, weil er einem Streit, einem Kummer oder einer Rechnung zuhause eine Zeitlang ausweichen wollte.

Peter gab sich schweigsam, und als seine neuen Kameraden - es waren 15 an der Zahl - ihn zuerst bei der Arbeit gesehen hatten, fragte man sich nur noch, wie er in der Gruppe zu halten wäre,

---

[1] Weniger abenteuerlustige Naturen, die 80 Tagelohn benötigen, verdingen sich für drei Monate in den Gaswerken. Das riecht nicht gut, ist aber ansonsten wesentlich sicherer. Das Wort 'non olet' ist in Eichenburg zwar bekannt, wird aber nur selten gebraucht.

nicht, wie er dahin gekommen war. Wohl merkten die Pioniere, dass Peters geistige Kraft weit hinter der Körperlichen zurück trat, aber als rechte Eichenburger nützten sie das in keiner Weise aus. Getreulich wurde er später in der Abrechnung mit einem 16. Teil der Ausbeute und sogar mit einem gleichen Teil an dem Verkauf des Ausbeutungsrechtes beteiligt.

Natürlich erfuhr die Pioniergruppe während des Sommers wenig oder gar nichts von den Vorgängen im Eichenburger Land, und selbst wenn sie eine Ahnung davon gehabt hätten - sie würden den Aufruf, ihren Kameraden Peter Südmüller einer Wache zu überstellen, vollkommen ignoriert haben. Dies durchaus nicht allein wegen der Titanenarbeit, die Peter zu leisten vermochte, sondern vor allem wegen seines ruhigen und artigen Wesens, das einen bedeutenden Beitrag zum Wohlergehen der Gruppe abgab.

Es ist wohl nicht zu vermeiden, dass in einer Anzahl abenteuerlicher Männer, die in der Wildnis ihr Glück versuchen, auch einmal ein Streit entsteht, selbst - oder vielleicht gerade - dann, wenn dieses Glück gefunden scheint und es jetzt Arbeit verlangt, es zu bergen. Tatsächlich flackerte ein solcher Zank auf, und hätte vielleicht schlimme Folgen gehabt, wäre nicht Peter dabei gewesen. Mit einer Hand packte er je einen der Streithähne an den Aufschlägen ihrer Jacken, hob sie hoch und sagte - sanft aber sehr bestimmt: "Nicht böse sein! Streiten ist nicht gut.[1]"

Peter blieb bei den Pionieren, bis im Herbst das Schiff, das sie angefordert hatten, zu erwarten war. Als eines abends die Sprache darauf kam, es müsse am nächsten oder übernächsten Tage eintreffen, sagte er: "Peter geht jetzt", und stand auf. Die Kameraden waren inzwischen an seine Art gewohnt, und meinten, er wolle nur ein wenig allein sein, wie es schon des Öfteren vorgekommen war, aber als Peter seine wenigen Sachen an sich nahm, fragten sie doch. "Kein Schiff!", antwortete Peter, und da ging ihnen auf, dass er den Abschied nehmen wollte.

Nach einigem vergeblichen Zureden konnten die Männer Peter wenigstens bewegen, einen guten Anteil des Mundvorrates - zumeist Jagdbeute - mitzunehmen, und Ihnen zu sagen, wohin denn sein Anteil an dem Gewinn des Unternehmens zu schicken wäre, worauf Peter die Susanne Seefischer nannte. Erst da wurde den Pionieren

---

[1] Die Stimme der Vernunft wird viel besser gehört, wenn sie von der Gestalt eines Riesen begleitet wird, als von dem Geist eines Genies.

klar, dass Peter einer aus dem Armenhaus war, und als sie beim Eintreffen des Lastschiffes erfuhren, dass Ihr Kamerad gesucht wurde im Zusammenhang mit der Ermordung eines Hohen Herrn, da glaubten sie es nicht - und daher sprachen sie auch nicht davon, den Peter Südmüller getroffen zu haben, ausgenommen untereinander.

Wie schon erwähnt, wurden diese Begebenheiten erst im Sommer 693 bekannt und hatten daher keinen Einfluss mehr auf die Arbeit der Detektive. Immerhin aber wurde nach der Veröffentlichung des Berichtes der Pioniergruppe einiges an Überlegungen aufgewandt, ob der Peter Seemüller und andere, die in ähnlicher Verfassung sich befanden, denn in den engen Grenzen der Armenhäuser tatsächlich das bestmögliche Umfeld zu Ihrer weiteren Entwicklung fänden, wenn ein solcher, nach allgemeinen Dafürhalten des eigenständigen Lebens Unfähiger, eine solche Leistung zeigen und nicht nur für sich, sondern auch für andere Verantwortung zu tragen im Stande war.

Mehrere Artikel erschienen darüber in der Tageschronik, und endlich fanden sich dadurch Mittel, die dem Armenfundus die Eröffnung einer seit langem gewünschten Einrichtung ermöglichte, nämlich einer Vieh- und Gemüsefarm, die ausschließlich von den Armenhäuslern betrieben wurde. Da der Grundstock für diese Farm von dem Anteil Peters an dem Pionierunternehmen getragen war - etwas über 900 Taglohn, die die Pioniere getreulich der Susanne Seefischer ausgehändigt hatten - ,wurde diese Farm gemeinhin 'Südmüllers Stallungen' genannt.

Was in der Stadt Eichenburg der nämliche Sommer mit sich brachte, war den Detektiven natürlich bestens vertraut, indem sie beständig alles Mögliche überprüften, beobachteten und herausfanden, neuerdings unterstützt von den Reportern der Tageschronik. Indes, so viel auch Fruchtbares daraus erspross, an dem eigentlichen Gegenstand der Detekterei tat das wenig.

Mit einigem Fleiß fanden Ferdinand und Karl heraus, dass sich in beinahe jedem Haushalt ein Gegenstand finden ließ, auf den die Beschreibung der Tatwaffe zutreffen konnte, zumeist in einer Küchenschublade, gelegentlich in Werkzeugkisten, manchmal als Ziergegenstand an einer Wand befestigt.

Sporadische Eingaben und Schreiben an die Tageschronik, mit mehr oder weniger fundierten Theorien zum Tatgeschehen, zur Motivation oder zum Täter wurden sorgfältig überprüft - es war ja nicht auszuschließen, dass eine noch so abstrus erscheinende These doch ein Stückchen Eisen[1] enthielt. Es blieb dies jedoch ohne Ergebnis.

Der Juli zog vorbei und der August heran, während welcher Wochen der Einwohnerstand der Stadt Eichenburg seinen tiefsten Stand erreichte, um nach der Mitte des achten Monats wieder anzusteigen, und die Gezeiten der Bevölkerungsmenge spiegelten sich im Arbeitsaufkommen von Johannes, zumindest was die Ämter als Richter und Wachkommandeur betrafen. Sogar der Hauptmann der Wache erlaubte sich in dieser Zeit alljährlich eine sechswöchige Abwesenheit von der Stadt, woraus zu ersehen ist, dass selbst der gewissenhafteste Geist in dieser Zeit wenig Anlass fand sich um Ordnung und Recht zu sorgen.

Aber diese Entlastung war ohne Gewinn für den Detektiv, der jede freigewordene Minute in immer neue Versuche, den Mord aufzuklären investierte. So lies er sich beispielsweise eine Figur von Größe und Gewicht des Hartmuth von Seedorf bauen, und experimentierte mit verschiedenen Verfahren, wie diese künstliche Gestalt an den Fundort zu verbringen wäre, ohne Aufsehen zu erregen. Franz, der dabei assistierte, indem er die Rolle des Wächters darstellte, war der Versuche bald überdrüssig und also bereit, den ganzen Vorgang als unlösbares Rätsel anzusehen.

Überdrüssig solcher Unternehmungen waren auch andere, vor allen Margarathea, die sich einigermaßen auf die ruhigen Wochen gefreut und gehofft hatte, etliches an Zeit mit Johannes verbringen zu können, vielleicht sogar einige Tage die Stadt zu verlassen und sich an der See zu erholen. Selbst der alte Konrad riet zu einer Erholungspause, aber Johannes konnte nicht von seinen Untersuchungen lassen.

Schließlich nahm er sogar Quartier in der Burg, was seinem Amte durchaus zustand, mit der Begründung, solcherart weniger Last damit zu haben, wenn er bis in die Späte Nacht hinein arbeitete. Allein Franz gestand er, dass im Wesentlichen die sich häufenden

---

[1] Niemand im Eichenburger Land hätte ein Glänzendes, aber weiches und weitgehend nutzloses Material wie Gold einem guten soliden Stahl vorgezogen. Oder gar danach gesucht.

Spitzen Bemerkungen seiner Herbergswirtin zu diesem Schritt bewogen hatten. Franz, der noch niemals die Unbillen einer engeren Bindung hatte ertragen müssen, schwieg dazu - aber die Bezähmung einer von Seedorfschen Zunge allein ist bereits ein gewisser Trost und Zeichen tiefster Anteilnahme.

Seine Beharrlichkeit, die selbst für einen von Waldhof ungewöhnlich zu nennen war, konnte Johannes selbst nicht recht erklären, und wenn er den Versuch unternommen haben würde, hätte er kaum Verständnis erwarten dürfen. Er experimentierte mit seiner nachgebildeten Gestalt, um vielleicht herauszufinden, ob aus dem Stichkanal der tödlichen Verletzung abgeleitet werden könnte, von welcher Statur der Täter gewesen sei - und fand zu seiner Enttäuschung, dass die Ergebnisse schon bei der geringsten Änderung der Körperhaltung des Opfers wesentlich differierten[1].

Theorien wurden entwickelt, teils in Gruppensitzungen, öfter aber von Johannes in schlaflosen Nächten überprüft und widerlegt. Der Gedanke erschien, dass tatsächlich Peter Südmüller der Täter sein könne, wenn man annähme, dass eine andere Person die anonyme Mitteilung in Umlauf gebracht habe, eventuell, um Peter zu entlasten. Aber die einzig dafür in Frage kommende Person, Susanne Seefischer, war an dem fraglichen Abend nicht in der Burg gewesen.

Seite um Seite füllten die Notizen und Untersuchungsergebnisse, oftmals saß Johannes bis zum frühen Morgen über den Akten, ohne eine Ahnung, ob diese zum gewünschten Ziel ihm gelangen lassen würden oder sich als Zeit- und Papierverschwendung erweisen würden, ob er einen Irrweg oder eine zielführende Straße beschritt.

Johannes hatte erhebliche Vorteile aus seiner Stellung als Kommandant der Wache, und deren bester war, dass er bereits eine halbe Stunde nach dem Eintreffen seiner Mutter darüber informiert wurde, dass diese seine sofortige Anwesenheit wünschte. Der studentische Wächter, der die Nachricht überbracht hatte, musste

---

[1] Trotzdem sind die diesbezüglichen Erkenntnisse des Sherlock Holmes richtig, denn Engländer - und vor allem Lords - werden NATÜRLICH in Aufrechter Haltung umgebracht; eine andere KÖNNEN sie gar nicht einnehmen

den Rückweg vom Detektivbüro zu seiner Wachstube zu Fuß bewältigen, weil sein Kommandeur seines Fahrrades bedurfte, das den Wächter zu ihm getragen hatte.

Auf der eiligen Fahrt zum und durchs Herbergsviertel fasste der Kommandeur, Richter und Detektiv den unwiderruflichen Entschluss, dass die Wache umgehend mit besseren und vor allem schnelleren Rädern ausgestattet werden müsse, die außerdem - rücksichtslose Fußgänger![1] - mit besonders starken Bremsen zu versehen seien.

Luisa-Anna von Waldhof, im sechsundsechzigsten Jahr und seit einem Vierteljahrhundert die Herrin im nördlichen Waldhof, erwartete keineswegs die pünktlichste Erfüllung ihrer Wünsche, sondern wusste darum. Es wäre ihr undenkbar gewesen, wäre der älteste ihrer Söhne nicht schnellstmöglich erschienen. Daher zeigte Luisa-Anna auch keinerlei Ungeduld. Wenn Johannes so lange brauchte, dann ging es eben nicht schneller. Gerade hatte sie ein umfangreiches Abendessen in Auftrag gegeben und veranlasst, dass die von ihr benötigten vier beieinander liegenden Zimmer noch einmal aufgewartet wurden, als der Erwartete eintraf.

"Jo - Hannes! Mein Junge, es freut mich so, dich zusehen - und - sieh her! Wen ich dir mitgebracht habe!", rief Luisa-Anna erfreut und verhinderte mittels einer heftigen Umarmung, dass Johannes etwas anderes als ihre weißen Haare anzuschauen im Stande war. Seine Mutter war zwar nicht sehr groß oder kräftig gebaut, aber ein anstrengendes Leben im hohen Norden des Eichenburger Landes hinterlässt, wenn es nicht tötet, eine eiserne Gesundheit und einen stählernen Griff.

Als der Sohn dem mütterlichen Begrüßungswürgen glücklich entronnen, bemerkte er sogleich die 'Mitgebrachten', namentlich Elisabeth von Waldhof und ihre beiden Kinder. Seine, Johannes´ Kinder, um genau zu sein.

Annagrete, seine Tochter, stand im 15. Jahr und war, wenn nicht ihm, so doch seiner Schwester nachgeraten: Wie diese ausnehmend hübsch mit dem dunklen Haar und den blitzenden Augen, sowie mit einem allen Trübsinn vertreibenden Lachen begabt,

---

[1] Es ist vollkommen gleichgültig, mit welcher Methode jemand am Straßenverkehr teilnimmt: stets wird er von Anhängern einer anderen bedrängt. Sogar ein Seelenwanderer hat schon beklagt, dass ein Realist ihm die Vorfahrt genommen habe.

verstand es Greta, wie sie gerufen wurde, stets jeden für sich einzunehmen.

Frank dagegen, im 12. Jahr, geriet eher nach seiner Mutter. Er versprach, wie diese, über den Durchschnitt groß zu werden und hatte dies tatsächlich bereits erreicht, und obwohl blond und mit blauen, offenen Augen konnte er sich in eine Aura von Düsternis hüllen, die hätte erschrecken können, aber nur Anzeichen einer Gedankenversunkenheit war.

Seinen Sohn hatte Johannes zuletzt gesehen, kurz bevor dieser zum Sommeraufenthalt im heimatlichen Waldhof aufgebrochen war, seine Tochter aber seit über einem Jahr nicht, nämlich zuletzt, als er von dort sich zur Rückkehr nach Eichenburg aufmachte. Greta hatte beschlossen, nach ihrem Erststudium nicht gleich ein weiteres zu beginnen, sondern zunächst ihrer Großmutter zur Hand zu gehen bei der Verwaltung des Waldhofes.

Johannes und Elisabeth hatten nicht geheiratet, aber nach der Geburt von Greta hatte Elisabeth auf Betreiben von Luisa-Anna den Familiennamen angenommen - was wenig Überredung, aber ein ansehnliches Überzeugungsgeld an den Richter, der den Eintrag vorzunehmen hatte, erforderte.[1]

Bedenken gegen diesen Vorgang hatte niemand, und wenn, dann würde Luisa-Anna diese schnell zu zerstreuen gewusst haben: "Erstens ist ein Kind meines Sohnes ein von Waldhof, und dessen Mutter daher auch, und zweitens ist die Elisabeth mehr eine von uns als mancher, den ich jetzt nicht ansehe, und drittens braucht es keinen Mann, um aus einer Frau eine gute Frau zu machen. Punkt."

Man gab ihr darin Recht, auch weil Luisa-Anna schon mehr als genug bewiesen hatte, dass sie durchaus imstande war, nicht nur den eigenen Haushalt, sondern den ganzen nördlichen Waldhof ohne Hilfe eines Ehegatten zu führen, seit Johannes´ Vater vor elf Jahren einem Eichenburger Bär[2] zum Opfer gefallen war.

---

[1] Überzeugungsgeld ist nicht zu verwechseln mit Bestechungsgeld: Hätte Johannes Elisabeth geheiratet und sogleich die Ehe scheiden lassen, so wären zusammen sechs Taglohn an Gebühr fällig gewesen. Den gleichen Effekt erreichte Luisa Anna mit zwei und einhalb Taglohn. Und mit der Androhung eines Streites.

[2] Eichenburger Bär ist der Markenname, unter dem die von Waldhof ihren besten Brand, mit einem Gehalt von 68%, verkaufen. Johannes Vater hatte ein halbes Jahrhundert mit Bären gerungen, doch der letzte war zu stark.

Dass Johannes und Elisabeth sich letztlich getrennt hatten, fiel der Mutter zu akzeptieren nicht leicht, und erst, nachdem Elisabeth ihr versicherte, dass dies ohne Groll und im Einvernehmen geschehen, schickte sie sich drein. "Immerhin habe ich eine Tochter und zwei Enkel gewonnen", pflegte sie zu bemerken. "Und noch ist doch nicht aller Tage Abend[1] "

Während die Familie sich noch begrüßte und Komplimente austauschte - wobei Johannes eine gewisse Gespanntheit bei seinen Kindern als auch bei Elisabeth bemerkte - wurde das bestellte Essen aufgetragen. Da es ein Zeichen von schlechter Manier ist, ein gutes Mahl mit schwerer Rede zu belasten, beschränkte sich das Gespräch in der nächsten Stunde auf Artigkeiten und Belangloses, bis schließlich Kaffee und ein guter Brand gebracht wurde. Da sagte Luisa-Anna:

"Nun denn, mein Sohn, du wirst mir nun erklären ... doch halt! Zunächst das Jungvolk: Ab- ins Bett oder sonst wohin, während wir sprechen!"

"Nein, Mutter!" Acht Augenpaare richteten sich voll Erstaunen auf Elisabeth von Waldhof, die sogleich mit Sicherheit, wenn auch unter leichtem Erröten fortfuhr: "Nein. Ich wünsche, dass die beiden ihres Vaters Bericht - und ich bin sicher, es wird ein Bericht und keine Entschuldigung sein - selber hören. Bei allem, was ich dir verschulde: ich muss darauf bestehen!"

"Johannes?" Die Herrin des Nördlichen Waldhofes schluckte den Widerspruch ohne Kommentar herunter, und fragte ihren Sohn um seine Meinung! Der blickte erst verwirrt ob dieser Neuerung, alsbald aber fasste er sich und antwortete, wobei nun alle Augen an ihm hingen:

"Ich verstehe nicht, wovon Ihr sprecht, Mutter, Elisabeth, aber ich sehe, dass meine Kinder, selbst wenn sie folgen müssten, in Ihren Betten kaum zur Ruhe fänden. Was du auch immer erklärt zu haben wünschst - es gibt nichts, dessen ich mich zu schämen oder das ich zu verheimlichen hätte. Die beiden sollen bleiben."

"Nun gut. Erklär' mir also, was dies neue Amt sein soll, und wieso du dich lächerlich machst mit diesen Berichten, warum du herumschnüffelst und nichts als Belangloses findest und .... "

---

[1] Mütter bleiben Mütter. Punkt.

"Halt ein Mutter! Halt ein und vor allem: nicht so laut. Ich verstehe wohl, dass du, dass ihr da draußen, wenn die Tageschronik ihr beim Frühstück lest, wohl lacht über uns Detektive - das meint ihr doch?"

"Eben dies." Johannes blickte in die Runde, und fixierte schließlich seinen Sohn.

"Nun, junger Mann, der seine Stirn schon runzelt: Ich weiß, du hast ein Hirn dahinter, kannst du eine Theorie erfinden, warum das ganze Land im Stillen über deinen Vater lacht - und dieser nichts dagegen tut?"

Frank zögerte, bevor er sehr förmlich zu einer Erwiderung ansetzte: "Ich könnte wohl, mein Vater, indes … Ich weiß nicht warum …"

"Mein Junge, lass' dir etwas helfen: Dein Onkel Albert hat mir wohl berichtet, dass du bei der Jagd auf wilde Schweine manchen Erfolg schon vorweisen konntest?"

Johannes sah mit Zufriedenheit, wie die Gedanken seines Sohnes arbeiteten, und nach Sekunden am gewünschten Ziel sich einfanden. In diesem Moment sprach er weiter: "Und du erkennst auch, warum ich es nicht verkünden darf."

"Ja, Vater. Es ist recht."

"Nun denn, meine Tochter. Ich ahne … Ich ahne manches, und ich bitte dich nur folgendes zu bedenken: dein Bruder versteht, was meine Gründe sind. Reicht dir das aus?"

"Nicht völlig, Papa." Greta lachte, und Johannes erkannte, dass sie um die Wirkung ihres Lachens wohl wusste. "Doch vielleicht genug, um meine Gegenfrage anzubringen: Verstehst auch du, warum ich die Hohe Frau will bitten, mich zu Ihrer Hofjungfer zu bestimmen?" Greta lachte erneut und mit ihr die ganze Runde, weil Johannes bei dieser Ankündigung an einem Schluck des Kaffees beinahe erstickt wäre.

"Aber … Aber … was hat das, wieso…?"

"Ach, weißt du, Papa, es hat mich wenig gekümmert, viel weniger als der Umstand, dass der Fritz, der Johann und der Eugen in heillosen Streit geraten sind drüber, wer denn mit mir zum Jahrmarkt gehen dürfte, und dann hab ich zu mir gesagt: es gibt nur einen Weg, um keinen zu verletzen." Johannes griff nach dem Glas mit dem Brand, taxierte den Pegelstand in der Flasche und winkte der

Herbergswirtin. Aber Elisabeth unterbrach die Bewegung und meinte: "Noch nicht, mein Lieber, noch nicht. Erst deine Antwort."

"Nun gut, die Antwort: ich versteh das nicht - aber ich muss es vielleicht weniger durchschauen als annehmen?", und Greta antwortete: "Ich auch. Oder?" Elisabeth fügte dem hinzu: "Auch ich habe, neben einigen Neuigkeiten, etwas mitgebracht, da ich vermutete, es sei von Nutzen", und griff in ihre Tasche, um eine Flasche vom Eichenburger Bär auf den Tisch zu stellen. Johannes öffnete diese mit Dankbarkeit, und als er sah, dass seine Mutter noch nicht ganz zufrieden war, sagte er: "Der Junge wird dir, wenn ihr zurück seid in den Nördlichen Waldhof, sagen, was zu sagen ist. Bis dahin, Mutter, fass' dich in Geduld."

"Nun aber, was gibt's zu erzählen? Und können meine beiden Sprosse jetzt - auch angesichts des Umstandes, dass sie vom Eichenburger Bär auf keinen Fall ein Teil erhalten - sich zur Ruhe begeben?"

"Nun, Junge", sprach die Herrin des nördlichen Waldhofes, nachdem Greta und Frank sich verabschiedet hatten, "es gibt wirklich Neues. Du hast doch nicht im Ernst geglaubt, dass ich die weite Reise allein wegen dem Firlefanz der Detekterei und den Bedenken meiner Enkel unternommen haben würde?"

" ..?.. "

"Gewiss nicht! Ich muss zur Marianne, nach dem Brauch, Ihr meine erwählte Nachfolge anzeigen."

"..?.."

"Es macht dich sprachlos? Ach du Schreck. Du weißt doch, dass ich nicht die Allerjüngste bin, und dass die Leitung von so vielen Leuten - wir sind im Sommer mehr als zwölfhundert! - für eine Frau, für eine die alleinsteht zumal, eine gar große Last ist."

Diese Eröffnung seiner Mutter erschütterte Johannes sogar noch mehr, als es das Misstrauen seiner Familie gegen das Detektivamt vermocht hatte. "Warum ... und wer soll die Nachfolge antreten?", brachte er hervor, obwohl ihm die Antwort auf diese Frage schon gegeben schien. "Sei nicht dumm, Junge, wer sonst als die Elisabeth?", fragte auch richtig seine Mutter dagegen, erhob sich gleichzeitig und verschwand in ihr Zimmer.

"Wir reden morgen weiter, beim Frühstück, und keine Widerrede!", rief sie noch vom halber Treppe und ließ ihren Sohn mit blasser Miene, in Gesellschaft einer Flasche Eichenburger Bär und in der Obhut der Mutter seiner Kinder zurück. Elisabeth sah ihn an. "Nun, Johannes, ist alles erzählt, und du hast noch nicht geäußert - vergiss es. Wie ist dein Befinden?"

"Ich weiß es nicht: ich war … erschüttert, weil es so schien, als … ich danke dir, dass du verhindert hast, dass unsre Kinder ausgeschlossen wurden, dass du …"

"Ach. Was hast du denn erwartet? Wenn du zum Ämterpopanz wärst geworden, dann hätten sie es gleich erfahren sollen, wenn nicht - und glaube mir, dessen war ich sicher - so könntest doch nur du es beweisen."

"Du trittst ihre Nachfolge an?"

"Gewiss."

"Und gleich?"

"Das nicht."

"Und wann?"

"Sie sagte, wenn die Zeit ist recht."

"Aber …"

" Sie sagte noch mehr, und unter anderem das, was Frank ihr wiedersagen wird, wenn wir zurück sind auf dem Heimathof … " Elisabeth sah tief in die Augen des Johannes von Waldhof und sprach ganz leise: "Wenn du die Wildsau jagst, vermeide, dass sie Angst hat. Sonst flieht sie oder kämpft … ich glaube, sie hat trotzdem Nachricht schicken lassen an deine Herberge, dass du heute Nacht nicht mehr wirst erscheinen[1]"

An dieser Stelle, lieber Leser und liebe Leserin möchte ihr getreuer Chronist folgendes anmerken: Ja, ich weiß, es ist schade, dass wir nicht genaueres erfahren über die geistreichen und tiefsinnigen Gespräche, die Johannes und Elisabeth von Waldhof ohne Zweifel in den folgenden Stunden führten. Aber der Anstand verbietet es, wenn zwei Menschen eine Türe hinter sich verschlossen haben, durch das Schlüsselloch zu spähen.[2] Immerhin, und nur um

---

[1] Mütter !

[2] Die Türen in den Herbergen der Familie von Waldhof haben auch gar keine Schlüssellöcher. Die Gäste sind schließlich allesamt ehrlich und diskret. (und innen

eventuellen Vorwürfen zuvorzukommen: in der Ankündigung dieser Publikation ist nirgends das Wort 'Erotik' erwähnt. Hoffe ich.

Zum Frühstück im Saal der Familienherberge erschien Johannes zwar zu spät, aber ohne die geringste Verlegenheit darüber, denn auch Elisabeth hatte die Zeit nicht eingehalten. Anna-Luisa quittierte dies mit dem üblichen bösen Blick, der aber angesichts des Umstandes, dass es sich um ihren Sohn und ihre Nachfolgerin als Herrin des nördlichen Waldhofes handelte, die darüber hinaus an gesundheitlichen Problemen zu leiden schienen[1], vergleichsweise milde ausfiel.

Das Gespräch beim Frühstück drehte sich zunächst um Belanglosigkeiten, aber als die Kinder, die darauf brannten, sich in Eichenburg umzutun, entschwunden waren, kam Anna-Luisa auf den gestrigen Gegenstand, den 'Firlefanz der Detekterei' zurück.

"Nun, Mutter, du verstehst doch wohl, dass dieser Mord der Aufklärung bedarf - und dass es kein Aufsehen ergeben soll, wenn hier nach neuer Manier gehandelt wird ... ", sprach Johannes, wurde aber sogleich unterbrochen.

"Das muss man dir lassen, eins hast du, und das ist keine Ahnung", ereiferte sich seine Mutter. "Es muss das allergrößte Aufsehen ergeben! Es muss ein jeder Bürger, eine jede Bürgerin erfahren, dass mit gesamter Kraft des Landes dies widerliche Verbrechen wird verfolgt!"

"Du hättet Recht, wenn dieses im Grenzland sich zutragen haben würde. Obwohl - dort hätt´s nie geschehen können. Doch hier, in der Stadt, da ist es wohl ein Mord, doch was ich tu', ist nicht ermitteln nur allein. Es grenzt an Politik, es trifft so manchen Stolz, so manches Ehrgefühl empfindlich. Zuerst hat mir sogar mein bester Freund misstraut ..."

"Der Franz? Ich glaub es kaum!"

"Doch ist es wahr - und das hat mir gezeigt, wie viel an Vorsicht, an Verstellung gar das neue Amt bedarf. Denn sieh, wenn

---

gibt es einen Riegel, für alle Fälle)
[1] Wahrscheinlich an Gleichgewichtsstörungen, denn sie mussten sich auf der Treppe gegenseitig an der Hand halten

nun ein Detektiv bei dir erschiene, und fragte - nur zum Beispiel - wie hoch der jährliche Gewinn des Hofes sei ..."

"So frag nur. Wo ist hierbei Vorsicht nötig?"

"Nehme doch an, dass nicht ich, sondern vielleicht der Ferdinand von Seedorf dieses in Erfahrung zu bringen suchte ..."

"Kreuzdonnerwetter - das wäre eine Frechheit!"

"Nun. Eben. Aber so, wie wir uns eingerichtet, da schick ich meine Junioren los, man lacht mit ihnen oder über sie, man trinkt, man redet ... am Ende weiß ich, ohne dass jemand in Zorn geraten wäre, wer was wann und mit wem beredet hätte. Der Preis, dass man darüber und über mich wohl manchmal lacht, erscheint gering."

"So dient das lächerlich Getue deinem Zweck ... nun ja. Wie steht es aber dann mit deinem Ansehen?"

"Es ist erträglich: denn die Hohe Frau und die Familienvorstände sind selbstverständlich eingeweiht - der alte Konrad hat dazu geraten - und es ist mir versprochen, nach Abschluss dieses Falles meinen Ruf, wenn er doch Schaden hätt´ davongetragen, gemeinsam wieder aufzurichten ..."

Aber Anna-Luisa bemerkte wohl die gelinde Unsicherheit in den Worten ihres Sohnes, und hakte nach.

"So trägst du dadurch eine Last - und letztlich trägt diese niemand mit, bis sich ein Erfolg hat eingestellt?"

"Nicht niemand - ich verlasse mich durchaus ..."

"Auf die Familie, ich weiß", unterbrach ihn die Mutter, die bei den letzten Worten ihres Sohnes den raschen Blick zu Elisabeth genau bemerkt hatte. "Und das ist Recht. Und was die anderen angeht: Ein Meckerer und ein Stück zum Hinternwischen, die finden sich überall. Vergiss es nur nicht, wenn dein guter Ruf dann wieder völlig hergestellt ist."

Johannes, der sich bis zum vorherigen Abend nicht wirklich bewusst gewesen war, dass er zu den Lasten seiner Ämter auch die Separierung von der Eichenburger Gesellschaft zählen musste, nahm sich vor, in diesem Punkt aufs gewissenhafteste zu gehorchen - und seinem Freund Franz, der ja in ähnlicher Bedrängnis sich befinden musste, getreulich zu berichten.

Es war der erste Morgen des Jahrmarktes in Eichenburg, und obwohl Johannes recht sorgenvoll aufgewacht war - mit jedem Tag strömten mehr Bürger in die Stadt, suchten Quartier, flanierten, trafen Bekannte, die sie den Sommer über nicht gesehen hatten, kauften dies und verkauften das und füllten die Stadt mit brodelndem Leben, was die Ermittlungen nicht vereinfachen konnte - vermochte er nicht anders, als durch die Gassen zwischen Holzbuden, Zelten und Verkaufsständen zu schlendern, die am frühen Morgen noch nicht von Menschen überlaufen waren, und sich daran zu erfreuen.

Überall wurden Waren ausgelegt, in den Pferchen das Vieh gefüttert, Hühner in Käfigen, Wollsachen, eingelegtes Obst, geräucherte Schinken, Wolle und Leinen, kurz, alles was über den Sommer im Land angebaut, geerntet, hergestellt oder gesammelt worden war, fand sich auf dem großen Platz zwischen der Universität und dem Burgviertel wieder, und erfüllte die Luft mit seinen Gerüchen und Geräuschen[1].

Der Tag vor der Herbst-Tagundnachtgleiche war der letzte Tag, an dem der Sommerrichter allein für die Behandlung der wenigen Streitfälle und Ordnungswidrigkeiten in der Stadt zuständig gewesen war, und ab heute fanden sich die vier anderen Richter - einschließlich des neu ernannten Gottfried von Bergen, der den durch Hartmuth von Seedorfs Tot freigewordenen Platz einnahm - wieder im Amt.

Traditionell wurde dem Sommerrichter von diesem Tag an eine Ruhezeit von einer Woche eingeräumt, so dass Johannes nicht befürchten musste, zu einer Gerichtssitzung gerufen zu werden. Nach den anstrengenden Tagen, die mit der Vorbereitung des Jahrmarktes erfüllt gewesen waren, was stets alle Beamteten der Stadt in Anspruch nahm, war das sehr Recht, und so konnte er die ganz eigene Stimmung der Stunde vor Marktbeginn richtig genießen.

Die Wachen hatten, wie immer, alle Hände voll zu tun, um die zahlreichen Fuhrwerke und Lasträder aneinander vorbei und

---

[1] Wer noch einen richtigen Jahrmarkt kennt, einen, wo nicht Händler und scheinbare Handwerker *versuchen*, pittoresk zu wirken, um irgendwelchen Krempel zu überhöhten Preisen an Touristen zu verschachern, sondern auf dem wirkliche Leute ihre wirklichen Erzeugnisse anbieten, wo man an jedem Stand ein Probestückchen bekommt, und allein davon schon satt wird, und wo die Besucher noch feilschen und Dinge kaufen und sich freuen, das Jahrmarkt ist - wer so einen Markt noch kennt, der behalte es für sich, um zu vermeiden, dass dieser zur Touristenattraktion verkommt. (mir könnt ihr´s ja sagen...)

umeinander herum zu ihren bestimmten Plätzen zu führen, gelegentlichen Zank zu schlichten und, wenn die großen Wagen ihre Plätze eingenommen hatten, die Zugochsen in die Stallungen zu geleiten.

Diese Aufgabe war ständig mit Komplikationen verbunden, da ein Teil der Tiere, die im Frühjahr nicht für den Rückweg mit den wesentlich leichteren Wagen benötigt wurden, in die Ställe beim Schlachthof, und der andrer Teil in das Winterquartier bei der Gasanlage gebracht werden musste, und regelmäßig gab es im Frühjahr mindestens zwei Gerichtstermine um Schadensersatz, weil ein Tier am falschen Ort gelandet war.

Wie immer brachte der Jahrmarkt auch einen Zug Elfen in die Stadt, die hier in einer Woche wohl den Unterhalt für den gesamten Winter zu verdienen wussten mit ihren seltsamen und filigranen Schnitzereien, den feinen Geweben und exotischen Speisen, mit ihren Kunststücken und Tänzen, mit Wahrsagerei und Handlesen. Johannes bemerkte, und es ließ ihn die Stirn runzeln, dass die Elfen, sonst schon als Fremde und fahrendes Volk nicht ohne Misstrauen betrachtet, in diesem Jahr von vielen noch weniger gern gesehen waren als sonst.

Er vermutete, und, wie einige zufällig gehörte Gesprächsfetzen zeigten, ganz zu Recht, dass immer noch Etliche hinter dem Mord an Hartmuth von Seedorf einen der Elfen vermuteten, unbeachtet der Unmöglichkeit dieses Verdachtes.

Johannes von Waldhof und mit ihm die Hohe Runde sahen darin eine nicht geringe Gefahr. Leicht konnte sich aus dem Verdacht ein Streit, gar eine Handgreiflichkeit den Elfen gegenüber entwickeln, und es war allgemein bekannt, dass diese, obschon von sehr friedlichem Wesen, in einer solchen sich nicht nur zu behaupten wussten, sondern geradezu gefährlich sein konnten. Und gab es erst einmal einen Verletzten, dann würde ein Zweiter und Dritter, und schließlich der allgemeine Aufruhr nicht lange ausbleiben.

Die Hohe Runde hatte gehofft, die Angelegenheit bis zum Beginn des Jahrmarktes aufgeklärt zu sehen, aber, als sich abzeichnete, dass es nicht sicher gelingen könne, bereits Vorbereitungen getroffen: ein Hoher Herr war dem Elfenzug entgegen gereist, als dessen Eintreffen von einem der Waldhöfe gemeldet wurde, und hatte dem Anführer der Elfen die Sache und die Befürchtungen darüber berichtet. Der 'Vater', wie die Anführer eines Elfenzuges betitelt wurden, hatte sogleich zugestimmt, um ihrer Sicherheit willen ein bestimmtes Areal auf dem Marktplatz zu beziehen, das ständig von zwei Wachen betreut sein sollte.

Johannes verweilte am Rande des für die Elfen bestimmten Areals und sah diesen bei den Vorbereitungen für den Marktbeginn zu. Die Elfen hatten ihre übliche Handelsware ausgestellt, zumeist exotisch wirkende Textilien und Schmuck, aber auch vielerlei Gegenstände, die besonders unter den Pionieren recht begehrt waren - denn die Elfen, die ihr ganzes Leben in fortwährender Wanderschaft verbrachten, galten als die findigsten Ausrüster für den Aufenthalt im Außenland und der Wildnis jenseits davon.

Johannes musste stets etwas darüber lächeln. Unbestritten waren diese Ausrüstungsgegenstände außerordentlich nützlich und von bester Qualität, und ebenso unstrittig auch von den Elfen erdacht. Allerdings wurde der Großteil dieser Waren in den Hallen der Eichenburger Manufakturen hergestellt, und nicht, wie viele glaubten, in mühevoller Handarbeit in den Sommerlagern der Elfen.

"Tscho-Hannes!" Der Anruf im Dialekt der Elfen unterbrach den Detektiv in seiner Betrachtung, und da er die Stimme wohl kannte, erfüllte er Ihn mit einiger Freude. "Bruder Tschon! Du bist hier? Welche Freude nach der langen Zeit!"

"Ja, Tscho-Hannes, ich bin hier und ich bin im Glück. Nischt allein weil ich disch sehen kann, mehr noch: tseit dem Sommer bin ich Vater Tschon! Nun komme, setz tisch zu mir und wir sehen tzu, wie meine Kinder das Lager aufbauen!"

Johannes´ alter Freund war also nun der Anführer seines Zuges geworden. Johannes beeilte sich, zu gratulieren, wobei er Tschon mit dem ihm zukommenden Titel 'Vater' anredete, aber dieser unterbrach ihn: "Nein, nein, Bruder Tscho-Hannes, das musst du nicht, das darfst du nicht, denn isch weiß davon, dass du die Männer kommandierst, die hier die Wache halten - und also bist du gleich wie ich ein 'Vater' und wir also noch immer Gleiche."

"Du weißt davon bereits, Bruder Tschon?"

"Natürlisch! Glaubst du denn, wer die Spur der Adler in der Luft lesen kann, ist nicht imschtande, eine Zeitung zu entziffern? Da täuschst du dich, Herr Detektiv!"

"Natürlich - die Elfen lassen nicht nur etliches ihrer Handelsware in Eichenburg herstellen, sondern halten auch mit den Manufakturen steten Kontakt. Außerdem sind sie immer neugierig", dachte Johannes, "vielleicht …"

Vater Tschon unterbrach den Gedanken, als hätte er ihn gelesen: "Nein, Bruder Detektiv, ich kann dir nischt den Hinweis geben - aber vielleischt einen Rat?"

Johannes blickte ihn fragend an.

"Gut, einen Rat: Isch glaube nischt, dass Eischenburg böse ist. Aber jemand will das die Elfen glauben machen! Im Meeting in der langen Sommernacht sind Schtimmen laut geworden, dass Eischenburg uns Elfen nischt mehr liebt. Und Mansche Väter wollen das auch glauben. Isch meine, Eischenburg hat einen Feind. Isch meine, du hast einen Feind, Bruder Tscho-Hannes, einen bösen Feind. Und einen, der kein Elfe ist."

Johannes verabschiedete sich sehr nachdenklich von dem Vater des Elfenzuges und setzte seinen Weg fort, ohne aber dem beginnenden Markttreiben noch etwas abgewinnen zu können. Zu allem andern noch, dass die Elfen aufgehetzt würden - wer steckte dahinter, und aus welchem Grund?

Überall wurden letzte Anordnungen getroffen, denn die Hohe Frau sollte in einer Stunde den Jahrmarkt eröffnen, nach der Tradition mit der Überreichung der Bestecke[1] an diejenigen, die im Sommer das obligatorische Erststudium abgeschlossen hatten. Mit diesem Besteck traten die jungen Menschen in einen neuen Lebensabschnitt: Zum ersten Mal durften sie auf dem Jahrmarkt essen und trinken oder Dinge kaufen, ohne sofort bezahlen zu müssen, denn die Bestecke - Ausweis, Kreditkarte und Orden in einem - wies sie als gleiche und freie Eichenburger Bürger aus - die man, nebenbei, auch wieder auffinden könnte, wenn eventuell eine Rechnung unbeglichen blieb[2].

In diesem Jahr sollten insgesamt 14786 Bestecke vergeben werden - davon etwa die Hälfte zum Jahrmarktsbeginn[3], die andere zum Frühlingsfest - und daher war es, wie seit Jahrhunderten schon, nicht geplant, dass alle die begehrte Auszeichnung aus der Hand der Hohen Frau selbst empfingen. Diese besondere Ehre wurde nur einer kleinen Auswahl zuteil, die sich durch hervorragende Leistung und wohlgefälliges Verhalten ausgezeichnet hatte, sowie dem jüngsten Absolventen. Den meisten der jungen Leute überreichte ihr Besteck ein Mitglied der Hohen Runde, der alten Konrad oder einer der Familienvorstände derer von Bergen, von Seedorf oder von Waldhof.

Alle drei der großen Familien pflegten wie auch die meisten Manufakturen die Tradition, Kindern aus ärmeren Verhältnissen ein Studium zu finanzieren, wenn es sich etwa um den Nachwuchs von Angestellten handelte, oder das Kind besonderes Interesse an Studiengängen zeigte, die zu absolvieren zusätzliche Kosten brachte. Oder, wie in einigen Fällen, wenn die eigenen Eltern den Studienwunsch nicht verstanden. Diese jungen Leute betrachteten es zumeist als Auszeichnung, von ihrem Mentor selbst in den freien Bürgerstand entlassen zu werden.

---

[1] Es handelt sich dabei um ein handliches Edelstahl-Essbesteck in einer Umhüllung aus dem gleichen Material. Die Bestecke sind graviert mit dem Namen des Besitzers, und die Hülle kann wie ein Stempel verwendet werden, um etwa eine Rechnung anzuerkennen. Manchmal erregt die Kombination der Funktionen bei Besuchern aus fernen Ländern Verwunderung, aber es gibt einiges, was dafür spricht: Zum Beispiel ist es im Eichenburger Land keineswegs eine sinnlose Metapher, wenn man von Verstorbenen sagt, Sie haben 'den Löffel abgegeben'.

[2] In schlimmen Fällen von Besteckbetrug können diese auch eingezogen werden, zumindest für einige Zeit, bis nämlich die entstandene Schuld getilgt ist. In dieser Zeit leben die Betroffenen 'von der Hand in den Mund'. Gewissermaßen.

[3] Auf dem Jahrmarkt fand sich regelmäßig ein Stand, der Besteck-Tuning und Besteck-Hüllen anbot. Manche Dinge sind eben unvermeidlich.

Unweigerlich erinnerte Johannes von Waldhof sich an sein eigenes Erststudium, wie es wohl den meisten Eichenburgern erging, wenn sie der Verleihungszeremonie beiwohnten. Johannes war, wie es der familiären Gepflogenheit entsprach, schon früh - mit nicht ganz zehn Jahren - zur Universität geschickt worden. Die von Waldhofs waren der Ansicht, dass ihre Kinder im Grenzland nur wenig Entwicklungsmöglichkeiten fanden, und sobald ein Kind die grundlegenden Fertigkeiten beherrschte, wurde das Erststudium begonnen.

Auf den Gütern derer von Waldhof kümmerten sich mehrere Gelehrte um den Nachwuchs, einerseits, um die wissenschaftlichen Grundbegriffe für alle Kinder gleich richtig zu vermitteln, andererseits, um deren Eltern die Freiheit zu geben, andere Aufgaben wahrzunehmen. Am Unterricht in den Waldhöfen konnten nach Belieben auch die Kinder der Angestellten oder Saisonarbeiter teilnehmen, ohne dass ein Kostenbeitrag erhoben worden wäre - die von Waldhof hielten es für förderlich sowohl für die Kinder als auch für das Verhältnis der Bewohner untereinander.

So hatte Johannes lesen, schreiben und rechnen schon in einer Gruppe von 22 Jungen und Mädchen gelernt, außerdem die Grundzüge der Forst- und Landwirtschaft, der Viehwirtschaft und der Energieerzeugung, das Jagdwesen und überhaupt alles, was zum täglichen Leben der Waldhöfler gehörte.

Das Grundstudium wurde regelmäßig so gewählt, dass es dem wahrscheinlichem Werdegang und den Interessen der Schüler möglichst förderlich war. So gab es Zweige für die Kinder von Landwirten, die neben dem allgemeinen auch spezielles Wissen über Tiere und Feldfrüchte vermittelten, und, da die Kinder meist den Sommer über auf den heimischen Höfen das erworbene Wissen in der Praxis anwenden und vertiefen sollten, nur in den Wintermonaten stattfanden, Zweige für Handwerkerkinder, die vorwiegend in den Sommermonaten unterrichtet wurden, Zweige für die musisch Begabten, für die an Seefahrt, Physik, Bauwesen oder was auch immer besonders Interessierten, wie es dem Lerneifer und der Neigung der Studierenden entgegenkam.

In den vier verpflichtenden Jahren hatte Johannes auch sein besonderes Interesse entdeckt, wie die Mehrzahl seiner Mitstudenten, und danach die Entscheidung für weitere Studiengänge getroffen: Unmittelbar nach der ersten Freisprechung und im Besitz seines Bestecks, dass er, als herausragend lerneifriger (wie es der alte Konrad ausdrückte: enervierender) Erststudent aus der Hand des Universitätskanzlers empfing, schrieb er sich daher zum Studium der Staatswissenschaften ein.

Die von Waldhof waren mit seiner Entscheidung hochzufrieden, wie sie aber auch mit jedem anderen Karriereplan einverstanden gewesen wären. Lieber ein Schweinehirt aus Berufung, sagten sie stets, als ein Hoher Herr aus elterlichem Ehrgeiz. Diese Ansicht wurde im Eichenburger Land allgemein geteilt, wenn auch die Waldhöfler allein wussten, wie schwer ein guter Schweinehirt zu finden ist, zumal in abgelegenen Gegenden.[1]

"Und immer noch kein wirklicher Beweis!"

Johannes von Waldhof saß in dem Detektivbüro über einem Stapel Papieren und in übelster Laune. Die Anweisung der Hohen Runde war eindeutig: Binnen dreier Tage musste ein abschließender Bericht zur Kenntnis gebracht werden, wonach der Fall des Mordes an Hartmuth von Seedorf vorerst nicht weiter untersucht werden sollte.

"Diese Maßnahme richtet sich nicht gegen dich oder die Detektive - aber wir sind der Auffassung, dass, wenn die geschicktesten und rechtschaffensten Männer nicht im Stande sind, im Verlauf von sechs Monaten Licht in diese Angelegenheit zu bringen, es eben unmöglich ist .....", lautete es in dem Schriftstück.

"Nun, was können wir vorweisen? Zunächst: der Peter Seemüller kann ein Zeuge sein, was aber wenig nutzt, solange er verborgen bleibt ... Seine Äußerung der Susanne gegenüber lässt schließen, dass ein dem Peter bekannter Hoher Herr der Täter sei. Welche der

---

[1] Ganz abgesehen davon, dass ein guter Schweinehirt, der eine Rotte von 100 Tieren ohne Verlust in den Wäldern halten kann, in der Woche 5 Tagelohn verdient und mit einer Prämie rechnen darf. Ein Mitglied der Hohen Runde erhält dagegen nur 3 Tagelohn die Woche, keine Prämie und ist trotzdem oft mit Schweinkram befasst.

Hohen Herren er mit Sicherheit, und welche er Wahrscheinlich kennt, ist Inhalt dieser Liste.

Wir haben das verglichen. Die meisten waren zu der Zeit in der Stadt, es hilft also wenig. Weiter: Die Liste derjenigen, die an dem Abend in der Burg waren, als das Fernschreiben über den Geldfund und den Fehlbetrag der Kasse der Armen herausging enthält die selben Namen wie die vorhergehende ... zusätzlich den deinen."

Johannes sah Franz an, der aufmerksam, aber mit unverkennbaren Anzeichen der Missbilligung folgte.

"Kommen wir zu der Geldbörse: Wenn wir vermuten, dass Hartmuth von Seedorf den Betrag veruntreut hätte, ergäbe sich daraus nur wenig Sinn - nur die Feststellung, dass jemand es zu nutzen dachte, die Detektivarbeit zu hindern.

Wenn also der Mörder zu diesem Zweck die Nachricht in Umlauf brachte - wie hätte er davon Kenntnis bekommen können? Doch nur, indem er entweder die unrechte Entnahme beobachtet hätte, oder - vor uns des Opfers Zimmer visitierte.

Das bringt uns auf die nächste Liste: Wer hätte Zugang haben können zu den Zimmern des Ermordeten? Im allgemeinen sind´s zu viele Namen, doch in der Spanne, die für diese Tat wahrscheinlich scheint, also vom Zeitpunkt der Ermordung bis zur Versiegelung der Türen durch den Hauptmann, da ist die Zahl begrenzt.

Die Spanne Zeit ist ausgewählt, weil unser Fund in einem verschlossenen Fache sich fand, und wir wissen, dass der Hartmuth dessen Schlüssel immer bei sich trug - erst nach dem Mord kann dieser also in den Besitz des Mörders gefallen sein.

Was sonst? Der Hartmuth stand niemandem im Wege, hat niemand gehindert oder ungerecht behandelt, soweit wir wissen ... Es bleibt allein, und auch nur als Vermutung, dass er etwas gewusst, was jemand schaden könnt bereiten. Das legte uns den Verdacht wohl nahe, dass Hartmuth an dem Geldverlust der Armen ohne Schuld sein könnt', weil dann vielleicht sein Mörder den Betrag erbeutete, um Ihn noch nach dem Tod in Misskredit zu bringen - vielleicht, weil er befürchten musste, dass der Sommerrichter über sein Wissen eine Aufzeichnung angefertigt hätte ...

Bis hierher kann ich keinen Schluss mir denken als ... es muss einen betroffen haben, der ..."

Franz, der den Ausführungen bis hierhin schweigend gefolgt war, sprang mit den Spuren höchster Erregung in der Miene auf. "Das meinst du nicht! Auf dieser Liste stehen nur …"

"Das ist es eben: es stehen nur der Namen vierzehn Stück auf dieser letzten Liste, und alle lauten gleich … von Seedorf. Ich muss, aus allem was ich weiß, vermuten, dass der Hartmuth von Seedorf von einem seiner Familie ums Leben gebracht worden ist, weil er ein Wissen hatte, dass diesen …"

Aber Franz hörte nicht weiter zu, sondern stürzte aus dem Büro und verschwand ohne ein weiteres Wort. Trübsinnig sah Johannes zur Tür, und murmelte: "So sieht die Wahrheit also aus - und doch, mein Freund: auch ich kann es nicht glauben."

Eine halbe Stunde später wurde ihm ein Brief von Franz zugestellt, in dem dieser in sehr bemühter förmlicher Manier sich jede weitere Äußerung über den Gegenstand verbat - und für den Fall, dass diese, wie er es ausdrückte, Hirngespinste veröffentlicht werden sollten, ernste Konsequenzen ankündigte. "Im Übrigen", schloss das Schreiben, "kann ich diese Äußerungen nur auf deine mir wohl bekannte Überarbeitung während der letzten Monate zurückführen. Sobald du zu dem notwendigen Schluss gekommen bist … "

Johannes von Waldhof seufzte.

Der erste Detektiv des Eichenburger Landes hatte sich nicht ins Bett begeben, obwohl Mitternacht schon lange vorbei war. Noch immer saß er an dem kleinen Tisch, der bedeckt war mit einer Vielzahl von Papieren, Berichten und Notizen. Wenn doch alles nur zusammenpassen, ein Bild ergeben würde, dachte Johannes - ein anderes Bild! - und füllte ein Glas.

Es war nicht das erste, und der Pegelstand der Flasche näherte sich bereits bedrohlich dem Boden - eine Dürre kündigte sich an. Bedrohlich. Mit trübem Auge musterte Johannes die Flasche, murmelte den einen oder anderen Fluch vor sich hin, und versuchte - zum wievielten Mal in den vergangenen Stunden? - wenigstens ein bisschen Ordnung in seine Unterlagen, oder wenigstens in seine Gedanken zu bringen. Aber selbst der hervorragende Brand hatte wenig Erfolg bei dem Versuch gebracht, die trübe Stimmung, die ihn erfasst hatte, zu beseitigen.

Noch einmal dachte Johannes - und die Überlegung steigerte seine Missstimmung nur noch mehr - daran, dass alle seine Untersuchungsergebnisse notwendig in die eine Richtung wiesen: Es musste einer von Seedorf getan haben, denn nur diese hatten zu allem eine Möglichkeit.

Aber welcher dieser großen Familie, und vor allem: warum? Johannes stellte sich vor, wie die von Seedorf, wie die Hohe Runde es aufnehmen würde, sollte er den Bericht morgen - vielmehr heute - so vortragen. Nun, er musste sich nicht einmal etwas vorstellen. Wenn sein Freund Franz das Beispiel war, dann würden sie ihn in der Luft zerreißen, einen Lügner nennen und aus dem Land jagen und - genauso genommen - konnte er es den Seedorfern nicht einmal verdenken.

Wenn ich das ausspreche, dass einer der ihren einen feigen Mord begannen haben soll, ohne Beweis, dann wird nicht nur die Freundschaft zwischen Franz und mir zerrissen, dann reißt es weiter. Die gegenseitige Achtung ist dahin, die Einigkeit zwischen den wichtigsten Familien des Landes zerstört.

Was wird dann - wenn wir uns nicht mehr achten, nicht jeder auf der anderen Rechtlichkeit vertrauen, dann ist der nächste Mord nicht fern. Wie soll dann noch ein Richter ein Urteil verkünden können? Wird dann nicht jedes Urteil im Ruche eines Vorurteils stehen, wenn einer der unseren über einen der ihren zu befinden hat? Wird denn dann noch irgendein Bürger Vertrauen haben, dass unsere Richter gerecht und frei sind? Das kann nicht sein, es darf nicht!

Doch lügen? Der Hohen Runde nicht berichten, was unsere geduldige Arbeit zusammengetragen hat? Johannes entnahm dem Fach seines Tisches eine weitere Flasche, und öffnete diese sogleich. Unmöglich! Denn erstens ist es nicht wahr, und der Wahrheit bin ich nun einmal verpflichtet, und zweitens, wenn denn eine solche Lüge und ein solches Verheimlichen je aufgedeckt würde!

Der Feind, wenn er denn sogar einer der Hohen Runde selbst wäre, könnte dann, würde dann auch das mit dem Fernschreiber verbreiten, und der Erfolg wäre ganz derselbe. "Ach Franz! Wohin bringt uns die Rechtlichkeit!", sagte Johannes halblaut und prostete seinem abwesenden Freund zu. "Wer soll das Land noch vor dem Aufruhr bewahren, wenn …"

Johannes unterbrach abrupt sein Selbstgespräch, warf das gerade gefüllte Glas ungeduldig zur Seite und begann in fliegender Hast, seine Papiere zu durchsuchen, und eifrig Notizen zu verfassen. Es dämmerte gerade, als er die Papiere zusammenraffte, eilig, aber sorgfältig in den Tisch einschloss und ohne Morgentoilette das Haus verließ.

Nur wenige Minuten nach dem eiligen Aufbruch erreichte Johannes die Herberge, in der Franz von Seedorf Unterkunft hatte. Man kannte ihn dort, und da die Herbergsleute natürlich nichts von dem drohenden oder gar bereits bestehenden Zerwürfnis der beiden ahnten, gewährten sie wie immer Einlass.

Ohne sich mit den üblichen Höflichkeiten aufzuhalten, wie etwa anzuklopfen und eine Antwort abzuwarten, stürmte Johannes in das Zimmer seines Freundes. Er fand Franz zwar wach, aber noch im Bett, wo er an mehrere Kissen gelehnt saß und augenscheinlich die neueste Ausgabe der Eichenburger Chronik gelesen hatte. Das unerwartete und unziemliche Eindringen des ersten Detektivs erschreckte Franz offenbar. Wollte Johannes etwa seinen Brief, der, wie Franz wohl wusste, durchaus als beleidigend gelten konnte, in der üblichen Manier derer von Waldhof beantworten? Ganz offensichtlich war Johannes erregt, und es wäre ein besonders misslicher Umstand, noch im Bett zu sitzen, während ein von Waldhof seinem Zorn freien Lauf ließ … . Franz sprang von seinem Lager auf.

Der Anblick, den Franz von Seedorf dabei bot, bewirkte Erstaunliches: Johannes erkannte sofort den Grund, aus dem sich Franz so rasch erhob, und gleichzeitig vergegenwärtigte er sich, welches Bild er selbst wahrscheinlich abgab, und beides zusammen brachte Ihn zu einem lauten und erleichterten Gelächter. Nach einigen Sekunden stimmte Franz ein, denn wenn er auch nicht die geringste Ahnung von der Ursache des Gelächters hatte, so fühlte er doch eine erhebliche Erleichterung.

"Was führt dich, lieber Freund, denn zu der frühen Stunde zu mir?", brachte Franz schließlich hervor, "Und außerdem, bei Pest und Teufelszorn, worüber lachen wir, dass mir die Luft schon fehlt und … ."

"Ich lache, Franz, für meinen Teil über denn dümmsten Detektiv, der jemals diesen Titel führte. Ich lache über meine eigne Dummheit! Es ist in unserer Ermittlung alles klar und einfach zu begreifen, man muss nur sehen können."

"Was sehen? Wir haben alles angeschaut und jedes Ding wohl hin und her gedreht und dennoch …"

Franz brach im Satze ab, zu groß schien die Gefahr, wieder in Streit mit Johannes zu geraten, sollte er erneut auf die Unmöglichkeit der Untersuchungsergebnisse hinweisen.

"Genau, mein Freund, wohl hin und her gedreht, begafft, bestaunt, beäugt, untersucht und überprüft - und dennoch nicht gesehen!"

"Erklär mir das."

"Nun wohl, betrachten wir den Vorgang so: was ist geschehen, was daraus gefolgt? Zunächst: Der Hartmuth von Seedorf ist tot. Das konnte auf eine Rache weisen und folglich auf eine rachewürdige Tat des Herrn, was letztlich an der Stellung derer von Seedorf rührte.

Zum zweiten: Wir fanden in den Taschen des Herrn Hartmuth einen bedeutenden Geldbetrag, in dem von ihm bewohnten Raum dazu ein Vielfaches. Genau der Gesamtbetrag ist aus der Armenkasse verschwunden - das wieder weist erneut auf eine Verfehlung, zumindest auf ein außergewöhnliches und geheimes Handeln Opfers, und wieder leidet dann der Ruf derer von Seedorf.

Zum dritten: Wenn der Hartmuth von Seedorf nun untadelig gewesen sei, so muss jeder Verdacht gegen ihn von außen appliziert sein, und da das Hauptmoment die Geldessumme in seinen Räumen war, so kann doch nur einer der Familie das getan - und das wiederum zerrisse ebenfalls den Ruf der von Seedorf, dass nichts mehr übrig bliebe.

Wenn aber stets die Ruinierung der von Seedorf die äußerste Folge dieser Tat wird sein, so müssen wir uns fragen, wem dies nutzt - und hören gleich zu allererst: Dem Johannes von Waldhof, und mit ihm der Familie von Waldhof! Dem einzelnen, weil dadurch er ein unerhörtes Amt errungen, dem ganzen, weil die leidige Konkurrenz so schwindet. Da trifft es sich, dass der, dem es nutzt, zugleich die Aufklärung betreibt, und diese in die ihm erwünschte Richtung wird zu lenken wissen.

Das ruinierte meinen Ruf und risse die von Waldhof insgesamt von ihrem hohen Stolz und Ansehen herab. Wenn wir aber wiederum als Zweck der Übung anerkennen, was sehr wahrscheinlich daraus folgt: wie man es dreht, stets wird der gute Ruf - der deinen oder der meinen - beschädigt.

Drum lass mich jetzt die letzte Volte schlagen, wonach ich deinem Spruch das Weitere anheim stelle. Ist es nicht so, dass dieser Umstand unsere Familien - so oder so - in ein unüberwindbares Zerwürfnis bringt? Und sollten wir, vorausgesetzt, allein dies wär der wahre Grund, nicht leicht den Übeltäter nennen können, wenn wir uns fragen: wem nutzt unser Zank?

Wer konnte alles so zur rechten Zeit einrichten? Wer wusste, was zu wissen war? Wer hatte Gelegenheit und vor allem? Wer hatte Aussicht auf Gewinn? Wer, frage ich, könnt darüber hinaus vermuten, dass ein von Waldhof ernstlich solchen Verdacht gegen die von Seedorf hegen könnte? Und umgekehrt? Da habt ihrs! Klar, so wie der junge Tag."

In Franz Gesicht sah Johannes zwar noch immer keine Spur des Verstehens, wohl aber - und dies freute ihn - das deutliche Zeichen, das der Herr von Seedorf mehr als geneigt war, ihm Glauben zu schenken, und somit den Groll gegen ihn vergaß. Eben wollte er fortfahren und dem wiedergewonnenen Freund über die Tat und den Täter Aufklärung zuteil werden lassen, da wurde er von einem hereinstürzenden Wächter an der Rede gehindert.

"Wir haben, endlich ihn gefunden! Den Täter, den Peter Südmüller und diesen wohlverwahrt im alten Kerker eingesperrt!", jappte der Mann in Atemnot.

"Endlich finde ich dich. Du hast Befehl gegeben, dass sofortige Nachricht ergehe aber weder im Büro der Detektive noch in der Herberge wusste jemand, wo du bist, Herr Kommandeur. ..."

Eine Sekunde stand Johannes wie erstarrt - dann rief er, halb schon durch die Tür entschwunden, dem Franz zu: "Richte dich eiligst her uns folge schnellstens - dies duldet keinen Aufenthalt! Mach hin, zur Burg, zum Kerker!", und rannte los.

Franz, ganz und gar im Unklaren, was diese plötzliche Wendung zu bedeuten hätte, folgte der Aufforderung Johannes' sogleich, obwohl er nicht gerne auf eine gründliche Morgentoilette verzichten mochte.

Johannes erreichte die zentrale Burg, den ältesten erhaltenen Teil der Anlage, mit einem Sprint, der ihn gründlich an zu viele Zigarren aus den Beständen des alten Konrad erinnerte. Der an der mittleren Pforte postierte Wächter, der pflichtgemäß nach dem Begehr seines Kommandanten fragte, erhielt als Antwort nur ein Schnaufen, gefolgt von einem Stoß in die Seite, der den Weg für Johannes freimachte. Verwundert und sich die Rippen reibend sah der am Boden liegende Wächter ihm nach, wie einer Geistererscheinung.

Johannes hoffte, die Kerker und den Inhaftierten vor seinem Gegner, den er endlich erkannt zu haben glaubte, zu erreichen, und wirklich fand er, nachdem er den Wächter am Eingang der alten Kerker passiert hatte - wobei er, da er wieder zu Atem gekommen war, diesmal die Form etwas besser zu wahren wusste - den finsteren Gang leer.

Links und rechts des Ganges waren kurze Tunnel, teils in den Fels gehauen, teils aus Mauerwerg errichtet, die alle zum Durchgang hin mit einem Gitter versehen waren.

Trotz der spärlichen Beleuchtung - schließlich waren die einzigen Insassen des Kerkers seit Jahrhunderten die Ratten und Kakerlaken, die des Lichtes kaum bedurften - sah Johannes sofort, dass die letzte Zelle auf der rechten Seite verschlossen war, während alle anderen Gittertüren offen standen. Bedächtig schritt er dorthin, und fand richtig den Peter Südmüller, der ohne Regung auf der Pritsche in der Zelle saß.

"Peter! Peter Südmüller, sieh mich an - weißt du noch, wer ich bin?", fragte Johannes halblaut und mit möglichst sanfter Stimme, um dem Gefangenen nicht zu beunruhigen. Peter sah auf.

"Der war böse. So böse. Der hat den Richter geschlagen und weggebracht."

"Es ist gut, Peter, erzähl es mir …"

"Die haben mich verschlossen! Das ist nicht recht, ich will das nicht. Der war so böse, nicht der Peter!" Peter Südmüller fing an, sich in Rage zu reden, wie Johannes wohl erkannte, und das wollte er verhindern.

"Ja, richtig Peter", sagte er, "aber, weißt du was? Ich kann die Tür da aufmachen, wenn du mir versprichst, nicht wegzulaufen."

"Wirklich, du kannst mich aufsperren? Ich will nicht weglaufen, aber der Böse will."

"Ich mache also die Tür auf, und du bleibst dann bei mir und wir gehen zur Susanne, nicht wahr?"

"Ja, zu Susanne", bestätigte Peter, und sogleich betätigte Johannes den Mechanismus, der die Tür seiner Zelle öffnete.

"Aber erst, Peter - kannst du mir sagen, wie der heißt, der so böse war, dass du davongelaufen bist?"

"Friedhelm von Bergen!" Laut und kalt erklang die Stimme hinter Johannes, die Stimme des Hauptmanns der Wache.

"Und ich rate dir, dich nicht zu rühren - obwohl - es macht wohl keinen großen Unterschied …"

"Der Herr von Bergen, wie ich´s dachte!", rief Johannes ohne sich umzudrehen, denn er spürte die Spitze einer Klinge im Rücken: der Hauptmann hatte seinen Degen gegen ihn gerichtet.

Die einzige Chance schien ihm jetzt, Friedhelm von Bergen zum Reden zu verleiten, bis hoffentlich Franz erschien - denn dass der Hauptmann nicht gewillt sein konnte, ihn und Peter lebend aus dem Kerker zu entlassen, das war Johannes klar.

"Der ehrenwerte Herr ist also der Mörder und Verschwörer."

Sagte Johannes in verächtlichem Ton und wie erhofft bekam er statt des Todesstoßes eine Antwort.

"Was Mörder! Ich! Wie kannst du daran denken - ich habe nur den Kerl gestraft, der meine Liebe hat beleidigt. Nicht wahr, das kann ein von Waldhof doch wohl verstehen?"

"Wie das? Und wenn ich es verstünde - du bist doch nicht erschienen zur Entschuldung…"

"Ich zur Entschuldung! Noch dazu bei dir vielleicht?"

Der Hauptmann war erregt, aber ob er genügend erregt war, die Beobachtung seines Opfers zu vernachlässigen, konnte Johannes nicht beurteilen. Er fasste dennoch seinen Amtsstab fester, entschlossen, den Verräter anzugreifen, falls nicht sogleich die erhoffte Hilfe erschien, doch wurde ihm diese Entscheidung abgenommen.

"Du bist der Böse!", schrie es aus Peter heraus, der, wie Johannes sofort sah, sich in seine gefährlichste Raserei hineingesteigert hatte, weil er wohl verstand, was diese Szene bedeuten musste. Mit einem Sprung war der Riese bei ihm, an ihm vorbei und mit einem Wischer der gigantischen Pranken, die Peter Seemüller statt der Hände am Ende seiner Arme besaß, brachte er den Detektiv auf die andere Seite der Zelle - fort von der drohenden Klinge!

Johannes landete unsanft an der Wand, und ein stechender Schmerz stieß ihn kurz in Dunkelheit, aber sogleich raffte er sich auf. Herumwirbelnd zwang er seinen Amtsstab in eine schnelle Kreisbahn, an deren Ende sich der Kopf des Hauptmanns fand - gleichzeitig öffnete man die Kerkertür - gleichzeitig hatte auch der Verräter zugestoßen, die scharfe Klinge ein Opfer gefunden - und der entsetzte Franz von Seedorf, der in den Gang stürmte, sah drei Körper fallen.

Unter keinen Umständen ist das Erwachen eine sonderlich beliebte Tätigkeit, auch wenn es Abstufungen gibt: Das Erwachen aus einem Alptraum geht zwar mit einer gewissen Nachangst einher und ist wenig fröhlich, aber mit einer gewissen Erleichterung verbunden - es hätte alles schlimmer sein können. Das Erwachen durch den Duft nach frisch gebrühtem Kaffee in Verbindung mit einer zärtlichen Stimme, die die Fertigstellung desselben verkündet, ist, wenn es nicht zu früh am Morgen stattfindet, beinahe angenehm. Aber das Aufwachen in einem Bett, in das man sich nicht selbst hineingelegt hat, ist immer mit weniger angenehmen Gefühlen verbunden, vornehmlich, wenn in der Nähe gedämpfte Stimmen zu vernehmen sind, die sich ein wenig besorgt oder gar pietätvoll anhören.

Ein solches Erwachen erlebte Johannes von Waldhof nun, und er reagierte genau so, wie es der Situation angemessen war: Mit einem Auge sondierte er die Lage, und als weder die Starklichtlampen eines Operationssaales noch die Kerzen einer Aufbahrungshalle sichtbar wurden, öffnete er auch das andere.

Einem Detektiv kommt es nicht zu, sich nach seinem Aufenthaltsort zu erkundigen, er muss diesen herausfinden können, um seine berufliche Reputation zu wahren. Einige Indizien sprachen für ein Krankenzimmer. Zum Beispiel die weiß gekleidete junge Frau am Fußende des Bettes, oder der Geruch nach Desinfektion. Krankenzimmer erfordern energische Maßnahmen, unmittelbar nach dem Aufwachen, sonst drohen schreckliche Folgen, zum Beispiel Milchsuppe zum Frühstück und Bettpfannen.

Bevor also die Pflegerin bemerken konnte, dass er wach war, lüftete Johannes schwungvoll sein Deckbett und schwang seine Beine heraus. So jedenfalls sah es der Plan vor, den er in aller Eile entworfen hatte - allein, an der Durchführung dieses Planes, dessen Ziel die Sofortige Entlassung aus dem Krankenzimmer oder wenigstens ein genießbares Frühstück hätte sein sollen, wurde er von drei widrigen Umständen gehindert.

Der erste Hinderungsgrund war ein Verband, der seinen rechten Arm am Körper befestigte, und derartig das Zurückschlagen der Decke verhinderte, dass also seine Beine, bei dem Versuch, diese zu schwingen, sich in darin verfingen.

Der Zweite bestand aus einem geradezu infernalen Schmerz, der seinen Versuch begleitete, und deutlich machte, dass eine Wiederholung wenig ratsam sein würde, und der Dritte endlich war eine an sich wohlklingende Stimme, die freundlich und sanft entsetzliche Worte sprach: "Er ist wach, Doktor, und ich glaube, ich sollte gleich die Pfanne richten, weil er es recht eilig hat, aus dem Bett zu kommen."

Johannes gab nach. "Wo bin ich?", murmelte er gerade so laut, dass der Arzt es hörte, und richtig begann dieser sogleich mit Erklärungen, Diagnosen und Heilungsaussichten und vor allem mit der Notwendigkeit von Schonung, aber wenigstens konnte im Ergebnis die Pflegerin Ihre Pfanne nicht anwenden, weil der Arzt endlich doch bestätigte, dass Johannes gewisse Verrichtungen in gewohnter Manier erledigen dürfte.

"Es hängt alles daran, sie zum Reden zu bringen, die Mörder wie die Ärzte", dachte Johannes bei sich, und begann sogleich den Kampf um sein Recht, verschiedenen Personen die Ereignisse die zu seiner Verletzung geführt hatten, zu schildern, sowie um ein anständiges Frühstück.

"Ich glaube, es war so:", sagte Johannes mit leiser Stimme, denn lautes Sprechen bereitete ihm noch immer Schmerz, "Der Friedhelm von Bergen ist über Jahre und Jahrzehnte hinweg zu dem geworden, was er zum Schluss gewesen ..."

Ein kleines und sehr exklusives Publikum harrte seiner Ausführungen, denn Johannes hatte darauf bestanden, allein der Hohen Frau, dem Alten Konrad und Franz zu berichten.

"Als junger - relativ junger Wächter war er in der Burg, als Marianne und Katharina zu Hofjungfern bestellt wurden, und sofort verliebte er sich in eine von ihnen - ich hatte geglaubt, in meine Schwester ... aber es war anders. Er liebte Marianne, und war damit glücklich, denn Annemaria hatte ja die Katharina zu ihrer Nachfolge bestimmt, und also hätte Marianne, die ihm durchaus zugetan war, ihn heiraten können, sobald Katharina zur Hohen Frau geworden wäre."

Marianne von Seedorf nickte bestätigend.

"Dann dieser Unfall, und alles ist anders: Marianne ist die Hohe Frau, und als solche kann sie eben nicht die Ehe eingehen. Für jeden Anderen, sogar für die meisten seiner Familie, wäre das kein Hindernis, aber der Hauptmann war strenger als alle: Entweder wollte er ganz - oder gar nicht. Und so litt er, litt unter den Gesetzen, unter der Liebe und - zumeist, aber ohne es sich einzugestehen, unter seiner eigenen Moral.

Aus dem Leid ist Hass geworden im Laufe der Zeit, Hass auf die Waldhöfler mit ihrem lockerem Lebenswandel, auf die Seedorfer mit ihrem Vermögen, Hass vor allem auf die Ordnung im Eichenburger Land ... wie sehr muss er gelitten haben, als die Marianne andere empfing - sie hätte ihn doch auch empfangen, zuerst sogar, denn er war ihr Vertrauter, doch das wollte er nicht.

Schließlich wartete Marianne nicht mehr, dass er tätig werden würde, und andere Männer hatten das Glück. Der Hauptmann selbst führte diese Männer zu der Frau, der allein seine Liebe gehörte, und immer wuchs sein Hass.

In den Nächten, da Marianne nicht allein schlief, schlief er gar nicht, sondern brütete in tiefer Schwärze seinen Schmerz und seinen Hass aus, bis ein Plan daraus wurde: es musste eine Bedrohung geben, die es erforderlich machte, dass Marianne einen zum Ersten Mann - und damit zu ihrem Mann bestimmte.

Wie aber konnte das zugehen? Die Seedorfer hatten nicht nur die Küsten gesichert, sondern die ganze See, und alle Gefahr gebannt, die drüber einfallen könnte, die Waldhöfler taten Gleiches an den Landgrenzen - und wieder steigerte sich der Hass auf die beiden Familien.

Eine Gefahr konnte also nicht über die Grenze kommen, sondern musste im Inneren des Eichenburger Landes erst entstehen. Und er fand das einzige, das dem Land in der Tat zur Gefahr werden konnte: der Streit zwischen den Bürgern, Zwietracht und Misstrauen zwischen den Familien, die die Beständigkeit garantieren.

Als dann eines Abends der Harthmut von Seedorf nach einer Zusammenkunft der Fundusverwalter in die Wachstelle kam, um sich über einige Dinge zu beraten und eine anzügliche Bemerkung über Marianne und ihren letzten Liebhaber machte - er dachte nichts Böses dabei, denn der Hauptmann hatte seine Gefühle stets verheimlicht - da stieß er ihm in blinden Zorn den Degen in die Brust.

Nach Sekunden schon war die Raserei vorbei, doch der Hohe Herr schon tot - und das Entsetzen über die Tat wich sogleich der Erkenntnis, wie nah die Möglichkeit zum Zwist, zum Aufruhr und so zur Erfüllung aller seiner Träume herangerückt war, wenn er sich der Leiche nur geschickt bediente. Er fand bei dem Toten die Schlüssel zu dem Büro des Armenfundus ... Zunächst ergriff er aus dessen Kasse einen schwer gefüllten Beutel, nicht um sich zu bereichern, sondern um Verdacht und Misstrauen zu säen - was ihm auch wohl gelungen ist.

Ohne Aufsehen zu erregen konnte er den Toten zu der Remise schaffen, wo die Wagen der Wache untergebracht sind, aber nicht ganz unbemerkt: Der Peter, der wie oft schon des nächtens nicht einschlafen hat können, bemerkte ihn mit seiner Last, und ebenfalls bemerkte er, wie der Hauptmann einige Stunden später allein mit dem Wagen aufbrach ... und wenngleich dem kindlichen Riesen nicht aufging, was das bedeuten könnte, so war ihm doch bewusst, dass es mit rechten Dingen nicht zuging.

Der Rest der Vorbereitungen war einfach. Der Hauptmann wusste genau, wo das schwächste Glied der Wachen auf Posten stand, denn er hatte selbst den Dienstplan entworfen. Wäre dieser Ausflug bemerkt worden, so hätte der Hauptmann nur auf seine Pflicht, die Wachen hier und da zu prüfen, verweisen müssen.

Er spickte die Börse des Toten, soviel diese fassen konnte, wobei ihm wohl die Idee gekommen ist, wie der Restbetrag ihm dienen würde können, denn er kannte das stets verschlossene Fach im Schreibtisch des Sommerrichters wohl von dienstlichen Besuchen, und den dazugehörigen Schlüssel hatte Herr von Seedorf wie immer in seiner Tasche - und richtete die Runde durch die Manufakturen danach ein.

Den Leichnam aus dem Wagen werfen und ein wenig Geschrei, um den Wächter anzulocken - er wusste ganz genau, dass dieser einiges an Zeit gebrauchen musste, um sich zu entschließen, und diese Spanne reichte ihm aus, sich zu entfernen - anschließend zurück zur Burg, und als die Meldung einkam, mit eben dem selben Wagen zum Tatort eilen, das war eins.

Denselben Wagen zu benutzen war ein kluger Zug. Etwaige Spuren des ersten Transportes der Leiche wären durch den zweiten erklärt. In offensichtlicher Aufruhr die Hohe Frau wecken, sofortige Maßnahmen zu fordern, alles diente nur dem einen Zweck: dass von vornherein der Fall als außergewöhnlich und gefährlich angesehen würde. Dass die Hohe Frau mich sogleich bestellte, war vorherzusehen - und also musste ich so geführt werden, dass sich das gewünschte Ergebnis einstellen konnte.

Aber schon da machte der Herr von Bergen zwei Fehler. Der erste war, den Toten sogleich zur Universität zu schaffen, bevor der Totenwächter seinen Dienst angetreten. So erfuhr der alte Konrad zuerst davon, und konnte verhindern, dass der Leichnam einer Behandlung unterzogen wurde, die der Totenwächter gewiss sofort begonnen hätte, und die alle Spuren getilgt haben würde.

Der zweite Fehler war, dass er nicht bemerkte, wie der Peter ihn beobachtete, und als ihn dieser ansprach, wie es seine Art war, ihm eine Lüge sagte - eine Lüge, die Peter erkannte. Peter konnte sich natürlich zuerst keinen Reim darauf machen - aber als am nächsten Mittag die Nachricht über den Mord verbreitet wurde, erkannte er zwei Dinge: erstens, dass ihm wahrscheinlich wenig Glauben geschenkt werden würde, und zweitens, dass er in Gefahr war.

Also ist er weggelaufen … zunächst. Der Arme Junge hatte wohl einfach Angst, und das auch völlig zu Recht. Doch im Verlauf des Sommers ist ihm dann klar geworden, dass er - und er allein - die Sache aufklären kann - und muss. Also kehrte Peter Südmüller zurück und stellte sich dem Feind, von dem er genau wusste, dass dieser ihm überlegen war ... weil ihm gar nichts anderes übrig blieb.

Daran ist der Hauptmann schließlich gescheitert: zuerst an seiner eigenen, überzogenen Moral, die ihn zum Mörder gemacht hat, und endlich an seiner Unterschätzung der Moral anderer: Dass er glaubte, die Eifersucht zwischen den Seedorfern und Waldhöflern sei größer als deren Rechtschaffenheit und könnte zum Zwist gebracht werden, und dass er glaubte, die Angst eines Eichenburger Bürgers könne Oberhand über dessen Treue gewinnen.

Nicht einmal beim Schwächsten seiner Gegner war das der Fall. Besonders nicht bei diesem: Wir alle haben unsere Pflichten getan, aber der Peter Südmüller tat mehr. Er versuchte, was ihm nicht gelingen konnte ..."

Die lange Rede hatte Johannes erschöpft, und seine Zuhörer nicht minder. Schließlich brach die Hohe Frau das Schweigen. "Wir werden noch vieles tun müssen, damit alles nicht doch noch die schlimmsten Folgen zeigt ..."

Franz von Seedorf warf ein: "Ich denke, dies ist zuerst meine Pflicht - mit Verlaub. Hört mich an ..."

Aber Johannes von Waldhof hörte nicht weiter zu, sondern sank endlich in Schlaf, beruhigt darüber, dass die besten Köpfe sich daran machen würden, die Gefahr für das Eichenburger Land endgültig zu beenden.

Mordfall aufgeklärt!

Der Täter, der den hohen Herrn Hartmuth von Seedorf hat erschlagen, ward gefasst. Weil der sich nicht selbst hat zu erkennen gegeben, so wurde er, wie es das Gesetz vorsieht, im Kerker der Burg untergebracht. Es handelt sich um einen Bürger, der schon seit längerem unter hoher Verwirrung des Geistes gelitten und dem kein Arzt je hätte helfen können. Im Kerker der Eichenburg wusste sich diese Person, deren Namen wir nicht veröffentlichen wollen, da er krank und ohne Verantwortung tragen zu können handelte, sich des Schwertes des Hauptmannes der Wache, Herr von Bergen, zu bemächtigen. Der Detektiv Johannes von Waldhof konnte zwar die Flucht des Täters verhindern, indem er diesen erschlug, nicht aber, dass Herr von Bergen der Attacke erlag.

Bericht Franz von Seedorf

Es war dies wohl die verlogenste Verlautbarung, die jemals mit Wissen und Billigung der Hohen Runde den Weg zu den Fernschreibern fand, obwohl der alte Konrad bemerkte: "Jedes einzelne Wort ist war - nur die es lesen, die werden sich betrügen. Mein lieber Junge, ich glaube, wir können bald schon - so in zwei bis drei Jahren - auf die Fortsetzung der privaten Weiterbildung verzichten."

Es war ein sehr kalter Morgen im Friedwald zu Eichenburg, doch dessen ungeachtet hatte sich eine große Anzahl Menschen eingefunden, um bei der Grablegung des Herrn Friedhelm von Bergen zugegen zu sein. Nicht allein die Wertschätzung für den alten Hauptmann und seine Familie war der Grund für das zahlreiche Erscheinen, sondern auch die Ankündigung, dass dem Herrn von Bergen eine einzigartige Ehre zugedacht war: da er in Verteidigung der Hohen Frau und des Eichenburger Landes gefallen, war beschieden, sein Grab auf dem Ehrenhügel zu errichten, und es mit einer Eiche zu bepflanzen.

Seit dem letzten 'Ersten Mann', dem dies zuteil ward, waren mehr als 200 Jahre vergangen, und also erregte es Aufmerksamkeit. "Und außerdem ist es gut, wenn stets eine kräftige Eiche dort steht, dass gesehen wird, dass Eichenburg nicht ohne Schutz bleibt", hatte Johannes als letzte Begründung für das Vorgehen geäußert, und allgemein war es gut aufgenommen.

Aber auch weit abseits von dem Ehrenhügel, am Südhang zum Fluss hin, fand eine Grablegung statt, der allerdings weniger, dafür um so exklusiveres Publikum beiwohnte: Johannes, Marianne von Seedorf, und Emma von Bergen, die Burgherrin der Bergfeste und Mutter des Friedhelm von Bergen gaben dem Peter Südmüller die letzte Ehre. Allgemein wurde es bewundert, dass die Emma von Bergen den Mörder ihres Sohnes zur Ruhe legte, um den Preis, sogar dessen Grablegung zu versäumen.

Aber, da der Peter nicht bei Verstand gewesen war, so konnte er der Tat auch nicht schuldig befunden werden, und da erschien es als eine höchst würdige Geste, dass die drei, die den meisten Schaden von ihm erlitten, ihm die letzte Verzeihung zugaben.

"Es ist so sicherlich Recht. Er war ein guter Junge, Zeit des Lebens", murmelte Emma von Bergen unter einigen Tränen. "Ja, Emma", erwiderte die hohe Frau Marianne,

"Das war er. Und dass zum Schluss er in die heillose Verstrickung geriet, das lasten wir uns mehr an als ihm. Wenn es eine Schuld gibt, dann die unsere, mit dem armen Menschen nicht auf die rechte Weise verfahren zu sein, und das trifft mich am meisten." Während die beiden Helfer vom Armenfundus den Rosenstrauch einsetzten, schwiegen die Zuschauer gedankenvoll. Doch plötzlich richtete Johannes das Wort an die Bestatter:

"Wartet, einen Moment! Nehmt diesen Stab, die Rose zu befestigen", und er reichte dem einen Helfer seinen Fechtstab, die Insignie des Detektivs, auf den er sich bisher gestützt hatte. Der Helfer blickte erstaunt, tat aber wie ihm geheißen. Emma von Bergen schaute auf Johannes, der ohne den Stab aufgrund seiner Verletzung nicht sehr sicher stand, dann auf das frische Grab und brachte, während sie dem Detektiv ihren Arm zur Stütze bot, hervor: "Ich danke dir, Johannes von Waldhof, für alles, was du getan hast. Meinen armen Sohn würde diese Geste gewiss erfreut haben."

Später, im privaten Arbeitszimmer des alten Konrad, bei einem alten Brand und einer guten Zigarre, fragte der Kanzler: "Sie wusste es? Bist du dir sicher?"

"Natürlich. Ich hab es ihr selber mitgeteilt. Und - sie wäre nicht Burgherrin und Mutter, wenn sie nicht geahnt hätte, was ich plante."

"Also liegt der Falsche dort ..."

"Wohl nicht: der Arme, der an der Liebe zerbrach, liegt unter Rosen - ich habe eine Art mit vielen Dornen ausgewählt - und der Gewaltige mit dem freundlichen Gemüt bei der Eiche. Der Rechte wird bedauert, der Rechte wird geehrt ..."

"Mein lieber Junge, für diesmal kann ich keine andere Kritik finden als diese: Du versäumst aufs sträflichste, zur rechten Zeit die Gläser nachzufüllen - ach nebenbei, ich hörte, dass du als Richter die Entlastung hast verlangt?"

"Jawohl, Herr Kanzler, und erhalten. Wenn der geschätzte Arzt und Knochenflicker endlich ein Einsehen gewinnt und mich entlässt, beabsichtige ich unverzüglich heimzukehren und einiges an Zeit nur zu vertun."

"Heimkehr - wohl ins Freiheitsviertel zur Magarathea? Nachdem dein guter Ruf ist wiederhergestellt?"

"Zum Nördlichen Waldhof - die Mutter bat darum."

"Ich sehe, mein lieber Junge, eines: Du bist noch immer als Lügner einer der Erbärmlichsten. Stoß an! Auf alles, was das Leben bringt[1]!"

---

[1] Nun, jetzt ist Schluss. Jedenfalls mit dem ersten Teil der Eichenburger Chroniken. Bitte beachtet noch die folgenden Seiten, Prosit, miteinander

Anhang:
Das Eichenburger Land

Gibt es noch nicht. Glücklicherweise.

Denn Eichenburg entsteht erst nach dem Krieg. Nach dem einen, der die bisherige Idee, wir hätten zwei Weltkriege doch ganz gut überstanden und dürften also so weitermachen wie bisher, endgültig widerlegt.

Die Geschichte des Eichenburger Landes setzt voraus, dass eine Anzahl kluger und vorausschauender Menschen diesen Krieg übersteht und etliches an technischem und soziologischem Wissen über diesen Weltuntergang hinweg rettet - eine Voraussetzung, die die Geschichten aus dem Eichenburger Land unzweifelhaft zu Fantasy-Geschichten werden lässt:

Immerhin gibt es kaum eine Handvoll kluge und vorausschauende Menschen, geschweige denn, dass diese eine Möglichkeit hätten, auch nur ein bisschen Kultur über die nächste Ausgabe der ****-Zeitung[1] zu retten ...

Allerdings gibt es die Geographie bereits, in der Stadt und Land Eichenburg entstehen könnten, und davon will ich hier erzählen.

Wer auf der Landkarte Europas die Ostsee findet, und deren nördlichen Teil, den bottnischen Meerbusen, betrachtet, schaut auf das Eichenburger Land.

Das eigentliche Eichenburg umfasst ungefähr Mittel- und Nordschweden, das Zentrum mit den Städten Eichenburg und Seedorf findet sich im Ångermanland.

Aber praktisch die ganze skandinavische Halbinsel und die Westhälfte von Finnland sind Einflussgebiet Eichenburgs, das sogenannte Außenland.

Außer dem Land Eichenburg gibt es noch drei Staaten in der "bekannten Welt", die Vereinigten Herzogtümer Lattien (Baltikum sowie Teile Russlands und Polens), Ruigia (Ostdeutschland längs der Oder und der Ostseeküste, Hauptstadt auf Rügen) sowie das Seekeltische Reich (Westfrankreich und Britannien).

Die Ostseeanrainer bilden gemeinsam die "Hanse" und schon seit gut einem Jahrhundert sind die Seekelten, wenn auch nicht Mitglied in dieser Organisation, so doch eine befreundete Macht[2].

Die Eichenburger Chroniken beginnen mit dem Jahr 692 nach Gründung des Landes, und das hat einen einfachen Grund: Ich wollte weder den Großen Krieg noch die Jahre danach beschreiben,

---

[1] Es wäre unfair, hier nur einen, und unmöglich, alle Namen zu nennen. Und dann ist da noch das Fernsehen, die Biografien im Buchhandel und ...

[2] Das ist so, wie es klingt: ein bisschen, ähm, diplomatisch ...

weil mir so schon schlecht wird, wenn ich in eine Zeitung schaue - von Fernsehern halte ich mich ganz fern.

Und ich wollte wissen, was daraus werden kann.

Insgesamt bin ich mit der Vision auch recht zufrieden, auch wenn man einwenden könnte, ich sei etwas zu optimistisch.

Dieser Optimismus ist, nebenbei, auch der Grund, warum ich Fantasy schreibe ohne auf die üblichen Zutaten zurückzugreifen: Es ist durchaus möglich, sich Magier, Drachen, Helden, verzauberte Schwerter, Prophezeiungen und Dämonen, oder das Gute im Menschen vorzustellen. Aber nicht gleichzeitig.

Das wäre absurd.

Uli liest
von Stefano Celotti
Aquarellstift auf Papier

Wann und wo ich das nächste Mal vorlese und aus welchem Werk erfährst du unter:

ETC-AKTUELL.DE
die online-Ausgabe der
Eichenburger Tages Chronik
für den deutschen Sprachraum

Hier sind auch immer beinahe aktuelle Informationen über die bereits erschienenen, die demnächst erscheinenden und die geplanten Bücher abrufbar, außerdem gibt es den einen oder anderen Artikel, der nicht in der Buchreihe veröffentlicht werden wird, ein paar Fotos und, wenn es mal Fanartikel geben sollte, auch diese.

Über diese Adresse kannst du auch Kontakt mit mir aufnehmen, um z.B. eine Lesung in deiner Lieblingskneipe zu organisieren, Fragen zu stellen oder ein handsigniertes Buch zu bestellen.

Bis bald,
Uli Moll